歐洲無聊日記

ヨーロッパ退屈日記

伊丹十三

張秋明——————譯

【推薦序】

插畫家、演員、散文家、導演

——伊丹十三的世界

新井一二三

一九六一年，二十八歲的伊丹十三在西班牙首都馬德里，他作為演員在美國導演尼古拉斯・雷的電影《北京五十五日》（一九六三年）參與演出。那是一部取材於義和團事件的歷史劇情片。也就是中國歷史上頗為有名的八國聯軍抵達之前，來自十一個國家，約三千名外國人，在北京東交民巷的使館區困守了五十五天的故事。以中國為背景的影片，卻在西班牙做巨大布景拍攝，連主要角色如西太后都由英國演員飾演，這是因為當年中國處於大躍進和文化大革命之間的混亂時期，幾乎跟所有西方國家斷絕外交關係的緣故。

伊丹十三飾演的是日本軍官柴五郎。雖然不是重要角色，卻頻頻出現在銀幕上。他身高一百八十公分，五官端正，說得一口流利英語。當時日本在第二次世界大戰中徹底失敗後才十幾年，普通人還不能出國旅行，更何況作為國際演員參與好萊塢電影。到底是哪兒來的質素？原來，他是著名電影導演伊丹萬作的兒子，二戰末期上過日本政府為培養將來的國家領導人而開辦的精英小學。戰後他轉學去四國愛媛縣中學，認識後年的諾貝爾文學獎作家大江健三郎，成為一輩子的死黨。伊丹的妹妹後來也嫁給大江。

這本《歐洲無聊日記》的內容，就是伊丹在《北京五十五日》拍攝時期的所見所聞。回國後應《文藝春秋》之邀撰寫，卻因風格不適合正派雜誌，拿去三得利公司的公關雜誌《洋酒天國》發表。結果，圖文並茂地介紹歐洲生活文化的散文，其文筆的輕鬆和瀟灑，叫鎖國已久的日本讀者大開眼界。即使將近二十年後，我考大學的日子裡經同學介紹閱讀，也大可當作西式生活方式的教科書來看。怎樣吃義大利麵、朝鮮薊、酪梨，我們都是跟伊丹老師學的。

二十出頭做插圖畫家、平面設計師，後來當演員、散文家的伊丹十三，作為電視紀行節目的主持人、以心理學為主題的知識性雜誌《mon oncle》總編輯都很成功。一九八四年，五十一歲時，第一次導演的電影《葬禮》受到注目，第二年公映的《蒲公英》則是史上第一部以日本拉麵為主題的劇情片。他的電影作品有強烈的寫實性和獨特的黑色幽默，其實從第一本散文作品《歐洲無聊日記》開始就是一貫的風格。

一九九七年，伊丹六十四歲時跳樓自盡。因為他拍過以黑社會為主題的影片《民暴之女》而得罪過黑道人士，有些人一直懷疑伊丹是否被謀殺致死。

二〇〇〇年，大江健三郎在小說《換取的孩子》裡，以純文學形式悼念了老朋友。小說中雖然出現彷彿伊丹、大江、大江的妻子、伊丹的最後情人等的人物，但是缺席了伊丹的妻子——在他的全部電影裡飾演女主角的宮本信子。可見，伊丹和大江的關係，至少在心理深層有同性戀性質；大江對宮本的深奧嫉妒，以徹底忽視她的形式表達得非常清楚。

伊丹的散文有獨特的風格：是把書面語和口頭語混合而寫的。所以，看過他的文章有如聽過他講話一般，印象特別深刻，很難忘記。在我的書架上，過去四十年，一直有他幾本散文集，包括這一本。有機會衷心推薦，頗感高興。

關於新井一二三：生於東京。明治大學理工學院教授，早稻田大學政治經濟學院畢業，留學北京外國語學院、廣州中山大學。任職朝日新聞記者、亞洲週刊（香港）特派員後，躋身爲中文專欄作家。中文作品：《心井・新井》《櫻花寓言》《再見平成時代》《臺灣爲何教我哭？》《獨立，從一個人旅行開始》《媽媽其實是皇后的毒蘋果？》《我們與台灣的距離》《這一年吃些什麼好？》等三十部作品皆由大田出版。

伊丹十三颯爽登場

閱讀伊丹十三的文字時，不禁有種在看宮藤官九郎的錯覺，而宮藤恰巧就是上屆伊丹十三賞得主。《歐洲無聊日記》中犀利且毫不留情面，卻又帶點幽默感的文字，是能搔到癢處的莞爾一笑。不對，會被這種帶點壞心眼說法逗笑的人，或許就如同書封文案所描述「有些算是怪人」吧。

——**影評人　CharMing的投幣式置物櫃**

人在異國旅行中，像奮學的海綿，打開細胞感受整個新世界。伊丹十三同時擁有導演、演員、作家與插畫家等多重身分，能在他眼界中感到有趣的人事物，其實一點也不無聊。透過毒辣又風趣的隨筆，閱讀相隔五十年前的歐洲，時間變成宇宙，像在窺視另一個星球。

——**作家／設計師　Hally Chen**

如果你喜愛去歐洲旅行，而且是不去熱門景點的那種人，習慣找老派的旅行指南來看，那你千萬別錯過日本傳奇導演伊丹十三這本寫於一九六〇年代的雜文，歐洲耐人尋味的事物太多，這批文字過了這麼多年，完全不退流行。

——**跨界編輯人　黃威融**

在擔任電影導演之前，伊丹十三還是一位商業設計師，不過其敏銳細膩的觀察力與獨特的敘事功力，從《歐洲無聊日記》這本六、七〇年代因在歐洲拍攝電影等工作時，撰寫的日記篇章裡便可一覽無遺。

對當時出國不易的日本來說，本書就像窺探歐洲的一顆鏡頭，藉其角度記錄軼事點滴；如今處於出國大不易的環境裡，透過本書，將帶我們進入另一個微妙的時空境界中。

——**日本美學觀察家　吳東龍**

《歐洲無聊日記》重現了伊丹十三從來不願放棄生活中所有小細節的龜毛，生活有太多無聊，但龜毛地關注每個無聊，卻能衍生一種荒謬的趣味。這本無聊界的維基百科警告我們，歲月靜好其實累積自分分秒秒的荒唐可笑。

——**龍貓大王通信**

I

CONTENTS

II

III

IV

各章開頭的插圖係根據《萬國輿地全圖》所繪。該圖為明治四年（一八七一）由日本祥雲堂發行，並說明「原圖乃荷蘭書鋪『賽斯史特姆』所印製，專供各國地理學者及航海客商所用。舉凡輿地各州之面積、山岳之高低、江河之長短、人民之多寡，乃至（省略）皆集大成於一紙。故比之歷來地圖可謂最精詳。是以付梓以便地理航客珍藏檢視翻印。」

I

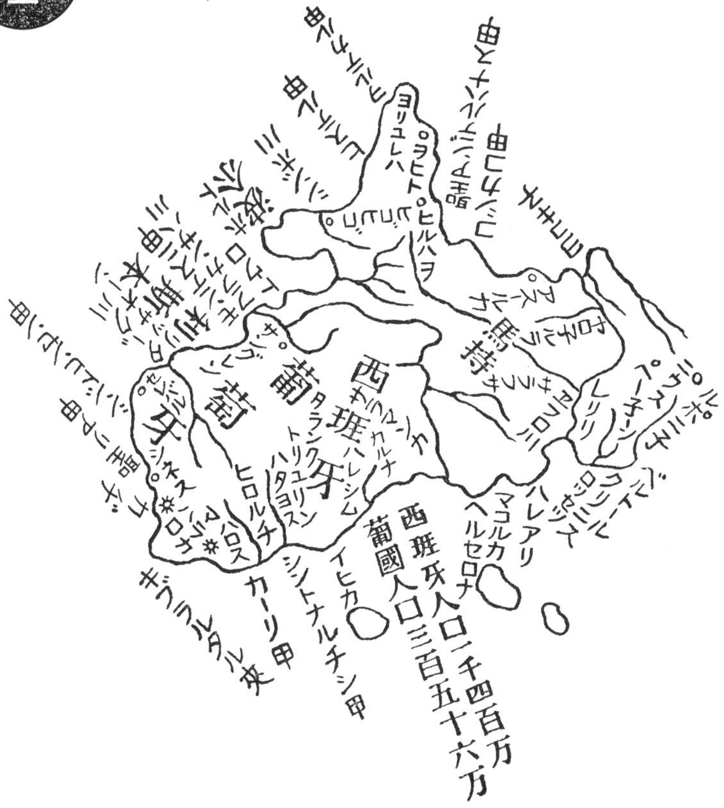

◆我的職業

曾聽過某種形容英式風格裝扮的說法卻始終搞不清楚究竟意指為何。今天目擊到一名頭戴白色安全帽，身穿百褶裙、高跟鞋，腳上還特意套著亮麗紫色褲襪的女子拋下騎乘的自行車直接走進教會的場面。結果你猜如何？儘管親眼目睹，那景象卻還是讓我低喃一聲「怎麼會！」然而在英國這算是相當典型的案例，因此一點也不會引人側目。

到租車店填寫完表格交給受理的男人，對方看到了我的職業後表示無法租借。他是有著鮭魚紅色肌膚、麥稈黃色頭髮的青年，身穿黃鶯糞色西裝、搭配膿血色領帶和藍色方眼格紋襯衫。該名男子表示無法租車給電影從業人員，因為租車店買的保險風險相對較低，因此電影人無法納入承保對象。

就好像遭到某個酒醉駕車撞死人的同業前輩連累而蒙受突如其來的損害，但看來是對方有理。於是我想到自己同時也是商業設計師，便開口問若改填上這份職業將會如何呢？對方依然表示不可能，因為理由很簡單，我已經知道你是電影人了。所以只能說這真是充滿教訓的一天。

順帶一提的是，該表格的年齡欄位分為二十五歲以下和以上兩個，只需勾選其中之一即可，想來是對女性顧客體貼周到的顧慮。

◆這真的是電影嗎？

知名的滑鐵盧橋（Waterloo Bridge）如今已被改造成拙劣的近代化設計，位於橋頭底下的國家電影劇院（The National Film Theatre）大約每隔兩天上映不同的經典名片（這種說法很討厭）。

今天一連看了讓・維果（Jean Vigo）兩部片《L'Atalante》和《Zero for Conduct》——前者是船名亞特蘭大，後者的片名意思是操行零分。

一般總認為在觀賞天才創作的電影時，彷彿能聽見作者對過去傳統制式作品發出「這真的是電影嗎」的質疑。這一點很重要，因為如果認定沒有比電影世界更困難的新挑戰、沒有實驗的地方就無法誕生新的傳統，那麼為了不讓我們被古老主題巧妙多樣的面相、古老框架中高度洗鍊的技巧所眩惑與同化，是以心中必須經常保有「這真的是電影嗎」的質疑。

倫敦計程車的後座是兩兩對坐的四人座，和司機之間隔著可供英國紳士拿起手杖或雨傘柄敲打的玻璃隔板。

據說想成為計程車司機得先實習一年，這段期間沒有薪資，而是騎著腳踏車跟著指導員努力學習熟識倫敦地理與兩地之間的最短距離。

另外倫敦市區內只允許計程車可以回轉，因此用來作為計程車的車種也被設計成非常小的回轉半徑。

搭計程車要拿回找零時，例如車資五先令加上小費一先令，遞上十先令的紙鈔同時交代一聲Give me four shillings會是可靠的做法。以上述例子而言，一先令的小費大概會得到Thank you, sir的回應，更多的小費則有Thank you very much, sir或Thank you very much indeed, sir等隨著額度不同的禮貌對應；相反地，九便士的小費會換來無言以對，而六便士可能會遭到埋怨等情形。

◆哈利說故事

哈利以前跳過蘭伯特芭蕾舞蹈團，如今設計芭蕾舞衣。這樣的哈利今天訴說了以下的故事。

那是某紳士搭乘開往艾克塞特（Exeter）的火車時發生的事。當他走進包廂正要入座時，看了坐在斜對面男士的臉一眼，發現有點不太對勁。

該男士頭戴圓頂硬禮帽、身穿黑外套、脖子上纏著銀灰色領巾、手持長柄雨傘。一副典型的中年英國紳士模樣。

然而該紳士的左耳朵裡塞著香蕉。

就像一般人都會做的，想要吃香蕉時會將外皮剝開一半，剩下的部分方便手拿，以這種方式剝開的香蕉就插進了該紳士的耳朵裡。

因為該紳士面對著火車行進方向坐在窗邊，從打開的車窗吹進來的風讓剝開一半的香蕉皮——插著香蕉的耳朵是離窗戶較遠的那一邊——不停地飛舞翻動。

好不容易克制住差點喊出「這下老兄可出糗了」的衝動，後面才進包廂的男人總之先坐了下來並且機械化地攤開報紙。

順帶一提的是，所謂的英國紳士在火車包廂裡是絕對不會盯著坐在對面的乘客的臉。這也是他們搭火車之際肯定會帶份報紙的理由所在。

他將泰晤士時報捧至眼睛的高度開始閱讀。頭版有三行的廣告欄。汽車拋售啟事的是勞斯萊斯、銀雲、零件相容性高、八千五百一十英鎊。——可是要怎麼開口呢？總不能直接告訴對方耳朵塞著香蕉吧。——鯊魚頭（Saloon）車款有貝殼灰、酒紅、深藍、灰綠、煙灰等顏色。——搞不好有什麼不為人知的理由吧。——徵求管家、募集癌症研究基金。——對了！或許是為了掩飾某種殘障吧，不然也可能是某種疾病的治療法，還是新型助聽器呢？應該不會吧。——非洲大學招聘英語系教授、讓美麗的夏威夷蘭花妝點府上客廳！

就這樣左思右想的時間一分一秒過去，他從頭到尾將報紙都讀遍了。政治版、經濟版、國際版、訃聞、影劇評論、運動版、六十五歲的普萊斯・哈洛威氏為了拯救爬到樹梢進退維谷的貓咪不惜砍倒七十英尺高的蘋果樹。可是當樹開始搖搖晃晃即將傾倒時，貓咪反而受到驚嚇自行跳到地面。還有廣告公司刊登的廣告：「你今天早上喝了咖啡嗎？不是咖啡就是紅茶，或者你的習慣是喝杯威士忌也說不定。沒錯，八月也跟其他的月分一樣。廣告亦然，從前的人說八月刊登廣告很蠢。但問題是你現在這個瞬間讀的又是什麼呢？」

他嘆了口氣將報紙摺好。看來該來的躲不掉。火車抵達艾克塞特還要整整兩個鐘頭。他終於鼓起勇氣看著對方的眼睛。

「真是不好意思……」

顯然他的聲音太小了。何況對方紳士的左耳塞著香蕉，右耳則因靠近窗邊受到風聲和鐵軌聲的干擾幾乎聽不見。

「你說什麼？」

「真是不好意思……」

他加大音量吼叫。

「你知道自己的耳朵塞著香蕉嗎？」

「你說什麼？請再說一遍。」

「你的耳朵呀，塞著香蕉啊！」

「什麼？你說什麼呀？」

「你、的、耳、朵、裡、塞、著、香、蕉、呀。」

「對不起我聽不見。因為耳朵裡塞著香蕉呀。」

以上就是哈利說的故事。其實故事又臭又長，哈利說完足足花了四十分鐘。

「這叫做修辭學的突降法。」說完這句哈利才微微露出笑容。

◆捷豹到來

象牙白的捷豹（Jaguar）跑車——請務必要發音成佳瓜——到貨了請來取車。因為收到通知，我興高采烈地走出家門。

訂購之後大約等了三個月才收到通知。因為一開始沒有我要的車款，只能根據我的需求訂製新車，是以得花時間等待。

訂製的內容大致上是三點四公升汽缸、象牙白車身、紅色內裝、鉻鋼輪框的白色輪胎等。

考慮到捷豹Mark II車款其他還有二點四公升汽缸、三點八公升汽缸以及各種顏色和內裝、有無自動排檔、變速器等可供選擇，要想當場滿足客戶的所有需求，公司裡就必須隨時備有數千種的組合，而事實上那根本是不可能的，因此客戶當然就得花時間等待。

另外因應日本國情，前擋風玻璃得使用破裂時會碎裂成一顆顆立方塊而不致割傷人的特殊玻璃才行、儀表板上的里程計（speedometer）——正確發音要強調O——是否改為公里數的標示、車身兩側有無裝置後視鏡——英文名為wing mirror——及其造型、還有因人而異，車頂是否要加開天窗等需求。加開天窗的方法有二，其一是將大部分的車頂天花板貼上皮革，其二是只有在駕駛座上方裝上鋼製的拉門；兩者都是由前往後一推開門板，登時陽光便照進車內，所以被稱之為sunshine roof。以上種種需求在訂購時都是影響等候期間的問題。

順帶一提的是捷豹的汽車零件來自上百家公司，像是燈具來自Lucas、輪胎來自Dunlop、儀器來自Smith、車身鋼板來自Pressed Steel等。據說其中名為Smith的公司，由於最近七個禮拜都在進行罷工，讓沒能裝上前面所提之里程計的捷豹大排長龍。

總之就是在這種情況下，終於取得了捷豹新車。價錢方面也因為旅行者不課稅，目前和豐田車差距不大。而且今天還為了觀賞食蟻獸、南美野豬，開去惠普斯奈德野生動物園（Whipsnade Wild Animal Park）才回來。

◆天鵝湖

在英國開車時如要問路，似乎常用Am I on the right way to～Please?的說法。岔路口、轉角常用turning、路的盡頭是top或bottom、左轉除了turn to the left也有人說成bear left。

直走是straight ahead，前面不遠是still farther on、號誌燈是traffic light、圓環是roundabout、施工中是road work（真不知日本的under construction是出自哪裡）。

行人穿越道因為用了白色油漆畫上線條，所以冠上zebra（斑馬）之名。如果有人穿越斑馬線時，路上駕駛沒有事先暫停一下就會被告，是以奉公守法的英國人一看到有行人過馬路，果真都會乖乖停下車來。

自己主動要停車時，似乎有從車窗伸出手臂如波浪般上下擺動的義務，我將這個動作命名為「天鵝湖」。

因為跟芭蕾舞者跳天鵝湖時的肩膀和手臂動作很像。

話又說回來當幾十台的車遇到紅綠燈的同時都開始做出「天鵝湖」的動作放慢車速，感覺真是一種不知該形容是扭捏作態還是滑稽突梯的奇妙光景。

似乎大部分的狗也會走斑馬線穿越馬路。

◆大英帝國的說服力

曾經在倫敦看過有位婦人牽著一隻犢牛般大的狗過馬路。

對狗來說，肯定是很不想去的目的地。因為牠一副拚命壓低身子試圖抵抗的樣子，而該名婦人就像是縴夫似的身體幾乎傾斜四十五度用力拉扯著繩子。狗以「坐下」的姿勢一點一點地慢慢往前移動。

那是條車水馬龍的大街，許多車輛因此停了下來。但大家都用英國人特有的氣定神閒表情充滿耐性地等著，當然也沒有人按喇叭催促。

還以為終於有一位開著敞篷跑車的老先生在駕駛席上按捺不住蠢蠢欲動時，卻是端出了一杯冒著熱氣的紅茶開始啜飲。

這段期間婦人仍一心一意拉扯著狗，直到過完馬路都無暇顧及周遭人們的眼光。只見她整個人——大概是因激烈運動的關係——已是臉紅脖子粗。

我當時將車停在洗衣店前等待妻子。因為目睹整個事件告一段落而重拾起讀到一半的書。然而過沒多久，大約五分鐘後不經意地抬眼一看，眼前展現的竟是跟剛才完全相反的光景。也就是說，忿忿不平的狗毅然地開始做出反擊。

這一次用力拉扯的是狗。只見婦人的脖子漲紅得更加厲害，她的姿勢就像坐在隱形的椅子上逐漸被拉回到出發點。

那隻狗得意到了極點。幾乎已藏不住內心的狂喜，忽而左顧右盼忽而抬起後腳，忽而又抓一抓下巴。

之所以讓我覺得充滿英國風味的則是後來發生的情景。

婦人對著狗蹲在路邊，一邊用容易理解的誇張肢體語言，一邊慢條斯理地開始說服起那隻狗。

雖然聽不見說話聲，但從她一下子指向右邊一下子指向左邊、然後又大畫圓弧的手勢，想來應該是說「平常都是直走這條路後左轉回家的，而今天不過是想先過馬路後再右轉回家。其實結果都一樣的不是嗎？」

對狗而言，卻是極其抽象又難以理解的命題。直到狗露出一副「既然如此就該早說嘛」的神情，開始帶頭穿越馬路已是三十分鐘後的事了。

從倫敦出發經由比利時、法國、瑞士、奧地利進入義大利，接著在義大利旅行一個多月後，如今剛回到巴黎。

這之間走過的距離約一萬公里，相當於從東京橫越太平洋到舊金山，整個途中路上連一個坑洞都沒有遇到。

不是很少或者幾乎沒看到，而是用一個也沒有來形容或許有人會覺得有點懷疑。至少那是因為對道路的基本看法不同所致，也就是說抱持著有坑洞的道路就稱不上是道路、放置坑洞存在的政治就算不得政治的態度。

儘管叫做常識，但認為有坑洞的道路就稱不上是道路的常識和覺得有坑洞是理所當然的常識，兩者之間又有什麼差別呢？想來其間差別恐怕不是三、五十年就能釐清的小問題。

再怎麼說日本有多貧窮，也不至於貧窮到造不起道路。恐怕在提及缺乏預算、沒有計畫性、技術者不足、公家機關辦事效率不彰等理由之前，應該重新認清日本道路狀況的惡劣歸咎於民眾毫不在乎的事實。

所以我們首先不是該開始試圖遇到事情就表達不滿、交換意見、打電話跟公家機關陳情、看到報章雜誌有好的報導便寫信去鼓勵嗎？

固然其效果微不足道，前途杳然不可預期。然而卻也是每個人都能建造的唯一道路，不是嗎？

吾妹親啟：

聽說總算考上駕照了，在此首先道聲恭喜。

說是奉勸一句忠告，倒也不是要說什麼大道理，而是建議不妨抱著自己是巡邏車的心態駕駛。

因為基於自己絕對沒有違反交通規則的自信而生的精神安定感，正是造成駕駛鬆懈的原因。

不，我是認真說的。自己背後擋著許多汽車讓行人過馬路時的快感的確難以言喻。

見縫插針式地穿梭於車陣中加速奔馳、一看到左邊有障礙就顧不得右邊超出車道使得原本擁有通行權的對向來車被迫煞車停下，乃是最要不得的兩種開車醜態。以上是我對妳的忠告。

巴黎的號誌燈跟知名的煤氣燈

一樣都塗上了頗具特色的胭脂紅，搭配馬栗樹的綠和石板路顯得十分調和。

另外紅橙綠的三色燈也只有在巴黎看得到，呈現非常細膩的光彩。尤其橙色最棒，只能說是充滿法國風情、不可思議的橘色。

想來在決定使用該顏色之前應該有過不少的樣本和再三檢討吧。正好跟打出安全牌將號誌燈塗上黑白條紋、完全談不上美感的英國形成有趣的對照。

總之在隧道裡有柔和的橙色照明，外露管線塗上鮮明的天藍色；就連到市公所或是路上遇到的普通老大爺，每一處的用色都恰到好處，讓人好生忌恨。

且不論巴黎市內是否有速限，大家開車都是時速七、八十公里狂飆，卻也很少聽說有誰因超速而遭到逮捕。

一旦來至沒有速限的郊外，再怎麼破小的歐洲車通常也都能開到時速一百二，堪算實用。所以遇到急轉彎或接近市區時，路邊會先出現一百公里的速限標誌，依序接著出現八十、六十、四十的警告標誌，好讓駕駛放慢車速。

此外道路標誌的發達也讓人驚訝，絕不像日本最早用的字體還會起毛邊，而是混凝土製的大型看板幾乎遍置在全國各地的岔路口。所以只要是在地圖上可發現的任何地點，大概百分之九十九都能按圖索驥找到。

這些道路標誌是將天藍色的文字寫在淡綠色表面上，或許有其色彩心理學上的論證根據吧。遇到重要分歧點時，約在五百公尺前方就能看到藍底白字的預告標誌出現，首先讓駕駛人不至於看漏與錯過。

其他和日本大不相同的是道路照明的高普及度，是以夜間開車多半只需開側燈。至少我夜裡在巴黎市內開車從來沒開過大燈。

經由整體讓我感受到的是，主其事的公務員實際上自己也經常開車，所以凡事都基於駕駛人的立場去解決問題。

正因為如此才不會跟日本一樣在各地風景區豎立起好幾百張寫著「死神就在轉角處」並附上骷髏圖的警告標語。畢竟他們也知道這麼做毫無效果。

與其把錢花在那些地方，還不如在臨時故障與整修中的道路旁加強照明，或是在一百公尺前方豎立「前有施工」大型看板好讓再大的風雨夜也能一目了然。

想要取締違規停車的話，其實可以不用購置拖吊車，而是像英國一樣讓交通警察持有萬用鑰匙直接開走就好。

◆想像力

昨晚和大江健三郎去看尤涅斯柯❶的舞台劇。

演出的劇目是《禿頭歌女》和《課程》。地點是座位只有百張不到的烏榭劇場，卻已經連續公演進入第五年。健三郎已看過兩次，我是第三次來。除了羨慕這個劇場，更羨慕這個能讓尤涅斯柯連續公演長達五年的大都會巴黎。

每次觀賞尼古拉．巴塔耶❷的執導，都讓我覺得所謂的導演終究只是想像力的發揮。舉例說明比較容易理解吧。大約半年前我曾在坎城看過伊夫．錢皮執導❸的《珍珠港前夜》（Qui êtes-vous, Monsieur Sorge?）。

其中有一幕介紹年輕夫婦給觀眾認識的鏡頭。大概作者要讓觀眾知道「這兩人是一對年輕夫婦」的方法不下一萬種，而該電影作者萬中選一的方法如下。

也就是年輕妻子繫上圍裙在廚房裡做事。然後從外面工作回來的丈夫現身，兩人相擁親吻。

這究竟是怎麼一回事呢？當然大部分的責任歸咎於劇本，但恐怕也沒有比它如此隨便馬虎的想像吧？

如果說當今的電影試圖跳脫既有的片場模式找回「真實性」，我倒是認為那條與時俱進的軸線上欠缺了「日常性」。

而且最能表現作家想像力的形式也欠缺了日常性的創造。

◆旅行老手暗竊笑

去年春天頭一次站在巴黎市中心時，不知怎的一邊在內心拚命大喊著「啊！我知道，我

❶尤涅斯柯（Eugène Ionesco），一九〇九—一九九四，羅馬尼亞裔法國劇作家，荒誕派戲劇代表，作品有：《禿頭歌女》《椅子》等。
❷尼古拉・巴塔耶（Nicolas Bataille），一九二六—二〇〇八，法國導演、演員。
❸伊夫・錢皮（Yves Ciampi），一九二一—一九八二，法國導演。

知道。這些在照片上有看過，我都知道。就跟照片上的一模一樣」，一邊陷入莫名的驚喜。

至於為何會驚喜，那是因為照片裡所見景色出現在現實生活中。雖說被拍成照片的景色本來就存在於現實之中，但照片就不是現實。由於邊框和二次元性將現實給隔絕在外，讓照片就只是照片。對於自己過去從未仔細端詳照片，試圖在心中重現現實的風景，一時之間不禁感慨萬千。

而今相隔八個月後回到巴黎，加上已經來過巴黎五、六次，感動和興奮之情不復再有。朋友金山壽一是詩人，曾寫有打油詩如下。

旅行老手
暗竊笑
我心宛如
喬凡尼❹

是我每每在人生中的各種瞬間脫口背出的記憶中絕妙好詩，恰巧道出了我的心境。

◆馬德里的北京

在倫敦試穿衣服。英國丈量尺寸的方式多少和日本不同。也就是說，丈量袖長時，手臂得先橫放水平，然後手肘直角向前彎曲。

入夜。

和負責這次電影選角的女士在「大使餐廳」共進晚餐。上完三道菜後，她開始享用蘆筍。吃蘆筍時可用銀光閃耀的「蘆筍夾」或是刀叉，也可以直接用手。通常是在用完主餐後，感覺不太飽卻又不想吃甜點或起司時的一個選項。

馬德里，晚上九點。

說到此或許有人腦海中會浮現澄碧如洗的夜空、華麗璀璨的街燈等影像，其實不然。

❹《喬凡尼》（Don Giovanni），莫札特根據風流情聖唐璜為本創作的歌劇。

西晒的陽光火辣辣地照進飯店房間，窗外聳立著六棵高大的白楊木，銀白色葉片背面不停地隨風翻動。三名穿著藍色工作服的男人花了兩個小時拿起水管幫廣場上的行道樹澆水。

終於到了十一點，周遭的天色開始變黑，氣溫逐漸轉涼時，我們才換上深色西裝、打上絲絹領帶，悠然來至街頭大啖冷蟹等美食。

我在歐洲還沒看過有人使用領帶夾。

拿到劇本。

直到《北京五十五日[5]》的圍城第十天。

大約前半段就有一寸厚。整個都拍完少說是六個小時的電影吧。先大致飛快讀過，前半段幾乎沒有我的戲分。

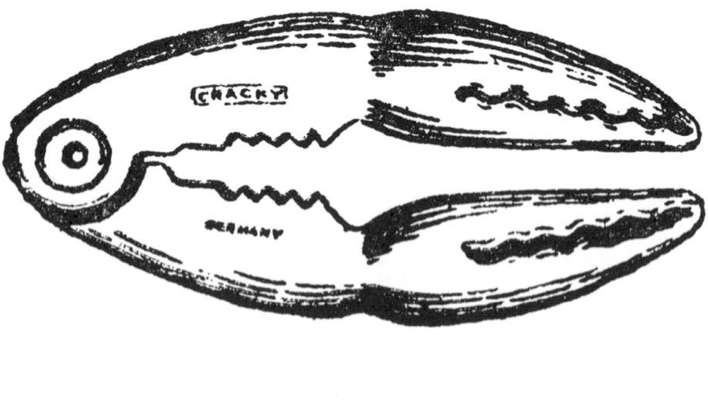

片場面積足以容納半個棒球場，周遭圍起比丸內大樓稍矮的厚城牆，裡面則是北京的市街。有商店街、寺廟、十幾國的公使館。還有銀行、飯店、許多的宅院民房，還有四道雙拱橋架在河流上。

河水是混濁的綠色，映照出深色葉片的灌木叢倒影。沿著低矮土堤走在河邊泥濘的道路，我踏進了中式建築的英國公使館。

中庭灑了水，草地青翠欲滴，種有各種樹木的植栽，還有一間十足英國風味的溫室。坐在庭院一隅的涼亭椅凳上，看見在西班牙逐漸昏暗的天際襯托下，公使館的屋瓦上浮現出各種野獸造型的陰影。

---

❺《北京五十五日》（55 Days at Peking），一九六三年上映的美國片。描寫北京義和團之亂時，聯軍各國如何突破困境殺出重圍。其中伊丹十三飾演日本陸軍中校柴五郎。

◆尼克和查克

今天要進行實景彩排。

傳喚演員拍戲一切得根據名為「artist call」的文書通告，通告內容則依契約而定。例如至少得在十二小時前通知。今天的彩排通告乃是昨夜一位身穿繡有Samuel Bronston Production字樣藍色制服的男人送來的。

日前第一次看到布景時，我整個人陷入一種放空狀態。

換言之，未免花太多錢了。不過只是出現幾十分鐘的娛樂電影背景，之後便毫無利用價值的東西，卻花費掉好幾十億的資金。是誰擁有如此窮奢極侈的浪費權利呢？電影根本不值。錢德勒[6]曾在描寫完一幢非常花錢的豪宅後感嘆留下這些文字。

Lost of money, all wasted.

[6] 雷蒙・錢德勒（Raymond Chandler），一八八八—一九五九，美國推理小說作家。代表作品有：《大眠》《漫長的告別》等。

不過提到布景本身的完成效果，我個人則是毫無異議十分喜歡。

首先，漢字非常美麗。大概是美國電影有史以來的創舉吧。舉凡商店街的招牌、牆壁上的塗鴉、旗幡上的標幟等文字，或美或醜都是經由中國書法家之手寫成。

所有建築物，不論正面還是背面都是來真的，呈現出來的質感也非同小可。

這套布景和《萬世英雄》（El Cid）[7]來自同一團隊，由柯蘭桑蒂（Veniero Colasanti）和摩爾（John Moore）設計。說到質感我想到一件事。

《萬世英雄》裡有一座掛有許多鐘的教堂。教堂前面是一片石板地的小廣場，應該是一群中世紀裝扮的士兵在廣場上列隊迎接英雄席德的場面，我看著該畫面一邊尋思。

「第一，這教堂的樣式好像不太對？可能是找不到適當的古老教堂吧。還有該廣場應該在沒有拍片的日子是提供給開車上教堂者的停車場，肯定停滿了福斯、雪特龍等廠牌的汽車。想來要拆掉交通號誌、清除輪胎痕跡得花費不少功夫吧。

「尤其是那群穿上中世紀風格服飾、一本正經列隊站立的臨演們，一定會覺得缺乏真實感而困惑不已吧？實在太可笑了。」

但其實我想錯了。該教堂是布景。居然能拼湊搭建出如此厚重沉穩的質感，技術果然厲害。

我去跟導演尼古拉斯．雷（Nicholas Ray）碰面。他人很親切，有著紫灰色眼瞳和一頭白髮，身高六呎二吋，四十來歲，白色馬球衫上套著褐色毛衣。

「很榮幸能和你一起工作。」

聽我說完客套話，他一語不發地凝視著我的臉長達一分鐘後表示：

「能聽到你口中說出這些話，我真的很高興。」

並微微一笑。他是個安靜且不可思議的人。

❼《萬世英雄》（El Cid），一九六一美義合作的歷史古裝劇，描寫西班牙英雄羅德里哥．魯伊．狄亞斯（席德）的生平。榮獲第三十四屆奧斯卡最佳藝術指導和布景獎。

之後聽場記的露西阿姨說，才知道是怎麼回事。

尼古拉斯・雷最初的構想似乎是要讓不同國籍的角色由各國演員使用該國母語演出。結果英、美、法、義、德、俄等國都沒問題，三名中國人的選角卻有困難，製片公司也不太滿意原有的構想過於講究藝術品味與不合經濟效益。

於是該構想被一一擊碎，最後改成全用英語，所有角色包含西太后＝佛蘿拉・羅伯森（Flora Robson）、端郡王＝羅伯特・赫普曼（Robert Helpmann）、榮祿將軍＝李奧・吉恩（Leo Genn）等純正英語系演員，使得由日本人演日本人的我成為尼克守住的最後一道堡防線。

「尼克直到今天對於你能否來演都抱持著半信半疑的態度。」

露西阿姨以此結束了這段故事。

我和導演聊天之際，一名穿著紅色襯衫的高大男子從前方緩緩走來。

導演介紹說：

「這位是查克。」

查克和我彼此打完招呼後，不由自主竟都轉頭仰望聳立在藍天下的天壇。查克就是卻爾登・希斯頓（Charlton Heston）。

順帶一提的是，也有人叫他是查爾登・希斯頓。就像卡萊・葛倫（Cary Grant）要說成是卡里・葛倫也很討厭吧。

接著彩排開始了，我們各自忙著上陣。

◆晚宴

友人白洲夫婦利用休假造訪西班牙。十分感謝他們幫我將捷豹從巴黎開過來。

我們轉往位於西班牙最高建築物馬德里塔飯店二十三樓的住處。因為房間很大，所以跟來自倫敦的中國演員麥克共住。

製片山繆・布朗史東（Samuel Bronston）家中舉辦晚宴，招待了約七十人的主要工作人員、演員。

布朗史東的宅邸連洗手間都吊掛著光華璀璨的威尼斯水晶燈，讓賓客為之驚豔。說來不怕人笑，我猜那盞水晶燈的價值應該不低於日幣七十萬圓。

點燃華燈約兩個小時後，賓客們聚集草地上談天說笑。

身穿飾有金鈕釦、金邊制服的服務生們不斷穿梭其間隨時供上香檳、魚子醬麵包等餐飲。不久之後大家都吃膩了魚子醬。

因為一前一後的關係，晚餐我和查克坐在同一桌。

查克說出了下面的故事。

那是幾年前他來日本時的經歷。在箱根的飯店他想透過客房服務點杯吉布森雞尾酒（Gibson Cocktail）時，對方不知道吉布森是什麼。於是他乾脆列出了雞尾酒杯、平底酒杯、冰塊、乾琴酒、苦艾酒、檸檬、小洋蔥（cocktail onion）等所有需要的材料送至客房。

過了三十分鐘，看到點的東西送來時，查克幾乎倒吸了一口氣。

因為送來的不是小洋蔥而是蒜頭。而且蒜頭已然切成薄片，就像煮壽喜燒鍋用的洋蔥一樣整齊鋪放在銀色大盤上。換句話說那是宛如河豚生魚片的蒜片。

發現涼麵。義大利有名為Capellini的細麵，經常會做成涼麵來吃。就是咬勁稍微弱了點。

◆同居室友麥克

麥克和我這一整個禮拜都在交換小故事。可惜越是好笑的故事越難翻譯成日文。以下列出兩例。

一百三十六樓的住戶

比爾於諾曼第戰役時失去了一隻手臂，住進陸軍醫院。該病院的所有傷患都是失去手腳的士兵，現在和比爾住同病房的法蘭克就失去雙手雙腳，每天都躺在特製的玻璃罩中療養。

比爾由衷喜歡儘管身處如此悲慘境地仍不失開朗個性的法蘭克，以致一年後傷勢完全復原即將出院時，淚流滿面捨不得離開仍需住院的法蘭克。

之後又過了三年，比爾已是某家公司的廣告課課長。有一天他吃完午飯回到辦公室一看，桌上有來自法蘭克的留言，說是已經出院希望能見見面。可能已經找到工作，還留下了辦公室的地址。

比爾當然迫不及待地趕往該地址。

邁進的目標是蓋在第五街正中央的一百三十六層新大樓。法蘭克的辦公室就位在第一百三十六層。告知櫃檯人員來意後，比爾被帶進其中一個房間。

那是充滿路易王朝風格的華奢接待廳，適得其所地擺設著漂亮的家具，房間角落的平台鋼琴上用來照亮樂譜的燭火搖曳生姿。

比爾站在書櫃前正因發現裡面收藏的盡是初版珍本書而驚嘆時，突然感覺整個房間輕輕動了起來。

太驚人了。原來整個房間就是一架電梯。

不久後電梯門悄然開啟，他一腳踏進大房間裡。從這牆連接到那牆地面的鬆軟長毛地毯幾乎可埋住腳踝，遠方有一張寬大如泳池的紅木桌，比爾發現上面坐的就是自己的友人。

「嗨，法蘭克，這究竟是怎麼回事？不，真是太棒了。你到底是何方神聖？怎麼有辦法住進這幢大樓？天啊，真是太厲害了。我完全都沒想到你原來這麼有錢。」
「不，不是的。你大概是誤會了，比爾。我只是在這裡工作而已。」
「只是在這裡工作而已？可是這應該是整幢樓裡最好的房間吧？就讓你一個人獨占了。哈！我懂了。這麼說來你是董事長嘍！」
「傷腦筋吔，比爾。就跟你說不是了。我只是受雇於人。」
「你太謙虛了。那我問你，你說受雇於人，那你的工作內容為何？」
「我呢，就是受雇在此當個文鎮。」

史密斯先生的散步

一個春日清晨，史密斯先生在森林中散步時，一隻巨象面對著這裡坐在小路的另一頭。看到史密斯先生一邊揮舞著手杖一邊走上前來，大象微笑地用眼神打招呼。
「大象，早安。」
「早安，史密斯先生。」
「一大早坐在這裡幹什麼呢？」

「沒有呀，就只是坐著。」

「是嗎，那就再見嘍。」

「再見，史密斯先生。」

接著史密斯先生穿過森林越過小河越走越遠。小路逐漸變成上坡路，史密斯先生爬上長滿灌木叢的小山丘。

怎知史密斯先生在山頂上的柔和陽光中又發現另一頭巨象，卻是面對著另一個方向而坐。

由於大象推開兩側的灌木叢就坐在史密斯先生正要通過的小路上，史密斯先生為了開路只好站在大象背後開口說話。

「大象，早安。」

大象沒有回答。

「我說大象，早安。」

大象還是沒有回答。

心想可能是睡著了，史密斯先生用手杖「砰砰」輕輕敲了大象屁股兩下。

大象沒有回應。

於是史密斯先生使勁「啪啪」用力敲了兩下。

大象這才慢慢轉過頭來。

「嗨！」

「大象，早安。」

「早安，史密斯先生。」

「究竟你坐在路中央幹什麼呢？剛剛在那裡遇到你朋友，他也是坐在路中央。只不過面對的方向和你相反。」

只見大象聽了高興地露出充滿笑意的眼神說：

「他真的還坐在那裡嗎？真是太棒了。」

「他坐在那裡為什麼會很棒？到底你們在玩什麼花樣？」

「我們呀，在玩假裝是書擋的遊戲。」

◆和哥哥一起睡

去看鬥牛。真是鄉土味十足的餘興節目。

羅伯特・赫普曼先生買了一千美元、約合日幣四十萬圓的手錶。連錶帶都是純金製，拿在手上挺沉重的。

說起西班牙，是個處處可見到警察的國家。就連開放布景也常見二、三十名巡警無所事事地漫步其中或是圍著火堆取暖。

工作名單中不乏政府派來的監視人員，據說後台也有好幾名警方臥底的間諜。

露西頭一次來我家玩時就曾告誡我不管在多熟的朋友面前都千萬不能說佛朗哥政權的壞話，尤其是不能聊政治性話題。

據說她最早來西班牙工作是在十一年前，當時喝醉酒批評佛朗哥政府的美國學生至今仍被關在監獄裡。

另外在西班牙送小孩上學讀書很花錢，因為幾乎所有的學校都是私立的。比方說在片場工作的兩位阿姨是堂姊妹，結果兩人一起工作賺錢卻只夠讓一個甥兒讀小學。

也因此國民的教育水準非常低落。所以光是觀察餐廳服務生的動作，也能明顯感受出和法國、德國的差異。只要店裡客人稍微一多就不行了，明明只要動動腦筋就能解決的狀況卻屢試屢錯，難怪總是搞成一片混亂無法收拾。

由於不識字的文盲也很多，使得所有電影都需要改配西班牙文發音。而且這個國家的天主教性格強烈，凡是道德倫理不容的畫面都會被徹底切除或是改成其他台詞。

例如沒有結婚的情侶在電影中是不被允許出現在同一張床上的，於是台詞會被改成：「我們一個小時前結完婚，簡直像是在作夢一樣」或是「和哥哥一起睡，已經是小時候的事了」。沒錯，這些都是真實發生過的事。

事實上我的確很喜歡談論這類的話題。畢竟這種時候不正是綻放笑容大談日本祖國的教育水準之高、文盲率低、日文配音的《紐倫堡大審》沒有票房等事實的最好機會嗎！

日本近來正掀起推理小說風潮，據說就連路邊乞丐也偵探小說不離手。真是不錯的現象。

相隔四個月又下起了雨。

◆四位演員

查克和大衛・尼文（David Niven）在布景前交談。

「頭一次見到瑪姬是在倫敦。當時是在拍什麼片呢？印象中溜冰鞋好像經常出現。」

「溜冰鞋嗎？你會玩溜冰鞋呀？」

「會呀，但是不怎麼愛玩。感覺聲音很吵。」

「還是得在冰上，既然要溜的話。」

「嗯，沒錯，得在冰上。」

「在那部電影中，你是不是擲刀了？」

「沒有，擲刀是在別的電影。好像是傑利導的片吧。你會擲刀嗎？」

「擲刀？我可不行，完全不會。那應該很難吧！」

「不會，倒也還好。只要有好刀的話。」

「這把刀怎麼樣？」

「嗯，感覺平衡感還算不錯。」

試著擲了出去，刀子插進牆壁。

「很厲害嘛！讓我也來試試看……不行。稍微離太遠了。」

「站這裡應該可以吧。」

「我再試一次吧……怪了，還是不行。你再示範一次給我看吧。」

「嗯。」

就這樣兩人交談了兩小時到三小時。真是厲害。

阿弗雷德・林奇（Alfred Lynch）陪哈利・安德魯斯（Harry Andrews）來訪。最後以壽喜燒鍋畫下句點。阿弗雷德已有多次經驗，擺出一副儼然是前輩的嘴臉指導哈利如何享用美食。

「看來肉片還是得用日本的才行。在日本，食用牛是被放進陰暗的房間裡飼養的。房間裡面隨時都播放著音樂。那是為了舒緩牛的神經。另外還會讓牛喝啤酒、幫牛按摩，對吧？」

那一餐哈利共加添了三碗飯。

戲殺青了。

明天將開著捷豹去法國，之後在德國買到十六釐米的阿萊（Arriflex）後就一路回日本。抵達日本應是月底了吧。

◆討厭英雄故事

言歸正傳，硬要下所謂的結論的話，我討厭英雄故事。不只是英雄故事，我對好萊塢式的電影製作方式十分存疑。

首先製編和業主站在同一陣線和導演對立的現象讓我難以接受。

其次還沒充分推敲過劇本就開拍，拍攝時劇本逐漸被修改，也讓我很不滿意。

比方說，拍攝的情形大致如下。房間內有幾個人在說話。演員們透過鏡頭展現演技，攝影師先以長鏡頭拍過一遍。接著再以上半身為主拍攝一遍。有必要的話再繼續往上拍攝特寫畫面。接著換不同的角度拍攝，多的時候可能要換五、六個角度拍同一幕戲。

似乎製作出如此龐大的素材交給製編人員是導演的工作。問題是太不合經濟效益了。這樣豈不等於導演沒有事做嗎？

沒有事先溝通、構圖由攝影師決定、遇到戰爭等特殊場面交由其他導演負責、再加上不能干涉演員表演方式，等於導演已沒有任何事可做了。我不禁懷念起導演和編劇最偉大的日本電影界——此乃距離拉遠，對故國的印象也逐漸跟著扭曲的最佳例子。

結論是我討厭英雄故事。導演尼克也是同樣的看法。

再過兩、三天就要跟歐洲道別了。先回日本的朋友們走在澀谷的道玄坂時，竟因滿目瘡痍的街景而傷心落淚。

擁有《Mood》、八卦周刊、香氛擦手巾的國家——日本。男人搶在女人之前上計程車的國家——日本。用無數的廣告看板糟蹋了難得美景的觀光國家、連下水道都不完備卻擁有七個電視頻道的國家——日本。

但願在有生之年能有改善，好讓吾人抬頭挺胸對著歐洲友人介紹一番。

然而只要一想到有好吃的魚、醃漬白菜、可外送的蕎麥麵和按摩，內心便充滿了期待。

◆倫敦的馬靴

秋夜打從一開始便天色陰暗。

窗外遼闊的夜空漆黑，晚風如河水般流動，我們在昏黃的燈火下聽著巴哈、解析棋譜，帶著起司、威士忌和一本沙林傑❽早早上床，或是和外國演員們一邊啜飲沒有香味的西班牙紅酒，天南地北地閒聊鬼扯、沉浸於漫無止境的議論當中。

今晚剛好就是類似那樣的夜晚。

比方說，卻爾登・希斯頓提起他在倫敦買馬靴的事就是在這種時候。

話說查克呢，人在倫敦散步。我想大概是在龐德街那一帶吧。突然間看見一雙感覺還不錯的馬靴。或許大家也都

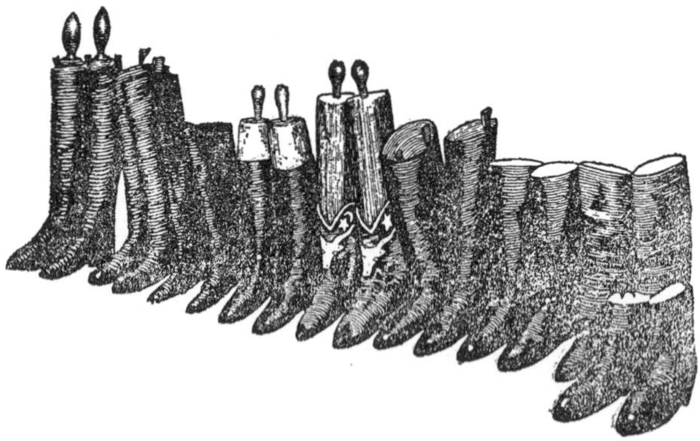

這麼想，真要由我來說的話，我認為那附近店家櫥窗擺設的好品味要高於巴黎的聖多諾黑街。

低調卻又讓人愛不釋手的優良質感、優雅的造型，總之就是擅長打出自身的正統感。當然銷售的商品的確也都來歷正統，我甚至認定為世界第一。

例如，你們應該還記得勞埃德銀行的櫥窗吧。一個門面寬不到六公尺的小店，櫥窗裡的擺設僅是將稍微破損的古老天平放在褪色的橘色天鵝絨上，旁邊是一把極其破舊的手槍。

據說查克發現馬靴的店也是那種感覺的店家之一。

櫥窗裡放著一具塗著白色和灰色的模型馬，身上套著馬鞍和馬鐙站在草坪上，底下除了那雙並列齊整的馬靴外，再無其他裝飾。

查克一眼就看中那雙馬靴。於是有些忐忑不安地推開了店門而入。

店裡面的光線微暗，掌櫃雙手輕輕交握在身體前方站著。你們知道他們迎接客人時點頭致意的做法嗎？他們是這麼做的。與其說是頭微微一側，應該說是下巴慢慢往斜前方突出。不是那樣子的，麥克。要再慢一點，下巴輕輕地滑出來。沒錯沒錯，眼睛試著半瞇起來。沒

---

❽ 沙林傑（Jerome David Salinger），一九一九—二〇一〇，美國作家，代表作為《麥田捕手》。

錯沒錯，完全正確。接著還得要一本正經地說：

Can I help you, sir?

態度要堂而皇之，而且聲音要帶點貓撒嬌時的黏膩感覺。換句話說就是殷勤的意思。非常有禮貌、一絲不苟卻也非常冷靜。你們試著用這方式說看看。

Can I help you, sir?

這就是英式做法。

上前迎接查克的店員，是個亞麻色頭髮梳得服服貼貼、皮膚白皙、感覺面無表情的年輕男子，眼瞳是藍色、戴著玳瑁眼鏡、臉上有點雀斑。

他穿著黑色西裝，該怎麼說呢？裡面搭配藏青色的襯衫，寬鬆地繫上波斯圖案的羊毛領帶。

查克開口說：

「我想要訂製馬靴。」

那名男店員立刻直視著查克眼睛如此回應：

「要訂製馬靴嗎？我知道了。請問馬靴打算做什麼用呢？」

查克試著當場拚命思索馬靴的用途。對了，當傘架用。胡說八道！最後查克沒有辦法，才失去自信地回答：

「做什麼用？我想應該是騎馬時要穿的吧。」

「原來如此。那當然是沒有問題。不過提到馬，請問打算騎的是什麼種類的馬呢？」

「這個嘛，因為工作的關係各種馬都會騎到。」

「各個種類的馬嗎？原來如此、原來如此。」

就這樣，不對，是經過了類似如此連綿不斷的詢問後，好不容易才進入丈量尺寸的階段。那些傢伙小心翼翼到幾乎要幫查克可憐的雙腳給拍張X光照片了。

突然在場聽故事的某個男人當著眾人的面跟查克確認了一件事。這時的查克十分可愛。一時之間有些囁嚅，堂堂大男人竟瞬間臉紅了。「沒有啦，我當時冒了一身冷汗。畢竟到倫敦買馬靴是我年輕時就有的夢想，或許有些緊張吧。以前在好萊塢拍西部片當配角時生活貧困，常常跟老婆說將來有一天要到倫敦買馬靴。對吧，麗迪亞！

「結果那雙馬靴從訂製以來經過半年，幾乎都快遺忘之際才寄來，但卡在裡面的木頭鞋模卻怎麼也拿不出來。心想可能是在看不見的地方拴上了螺絲，必須解開才行，隨意找了又找終究不得其解。所以那雙馬靴就塞著鞋模，至今仍收放在櫃子裡。

「大概那其實並非馬靴，搞不好是用來保護木頭鞋模的皮套吧。」

聽完我們彼此面面相覷，異口同聲表示查克真是好男人。雖然不適合穿西裝，但沒有比他更好的男人了。然後不知道是誰提起了製片人麥克・巴辛斯基（Mike Bacsinszky）訂購勞斯萊斯時，也曾被問到門上的家徽要如何處理的問題——所以你要去訂購勞斯萊斯時，最好事先準備好如何回答——大家聽了都啞口無言。

◆身為導演的條件

接著有人問起對尼古拉斯・雷導演的看法。

「他人很好。個性文靜，自律也甚嚴。對演員來說是很好合作的對象。」

有人如此回答，其他人也紛紛表示尼克個性溫和、安靜、是個好人。

這時我想起了路易・邁史東（Lewis Milestone）說過的話。

「可是邁史東說過，一個導演呢，要是只能被稱讚人很好，也就表示他完蛋了。」

「原來如此，說得還真好。不過這些話還是別跟尼克說吧。倒是我想問問你的看法，究竟好導演的條件是什麼？」

「我說呀，電影中不是常有電話出現嗎？就看電話的處理方式而定吧。電話聲響起後會用特寫鏡頭拍話筒，絕對是爛導演做的事。不只是手法很爛，還是便宜行事、缺乏想像力的導演。」

「說得也是。那攝影師呢？」

「我認為最能顯示攝影師想像力的端看對話的拍攝方式。

「你想想看，所謂的對話在一部電影中占多少比重、而且拍法有幾種呢？應該只有幾種吧。兩人同時入鏡、一次一人輪流切換，或是折衷使用移動、擺動等技術，大概就是這幾種吧。

「至今或許已拍過好幾萬種的對話鏡頭，想要在此一領域有新意應該很困難。」

「是喔。那麼你對編劇的看法又是怎樣呢？」

關於如何輕易分辨壞編劇的方法，我雖然抱有明確的想法，但因有點超出我的英語能力所及，只好交由別人發表議論。

◆原子能研究所人員的恐懼

我個人的想法如下。

比起充滿戲劇性，一部劇情明確的電影為了要讓情節發展下去，許多事情有必要對觀眾進行客觀的說明。

換句話說，舉個簡單的例子，就是要讓觀眾知道當時是幾點、誰被殺了等等。

然而要如何來說明不讓觀眾知道這些，劇情就難以發展的情況呢？

一個自暴自棄、缺乏想像力的編劇，通常會用時鐘的特寫來顯示時間。

另外低成本的電視劇、二流的警匪電影直接用電話報告殺人事件時，多半採取以下形式。

「喂！嗯，我是田中。什麼？山口電機的董事長，嗯，被發現時已經死了嗎？地點呢？麴町一番地，十八之五號。我知道了。嗯，馬上趕過去。」

因為電話聽不見對方的聲音，得自己扮演對手的戲，以這種方式是寫不出劇本的。

恐怕寫的人會覺得很丟臉吧，可是拿到這種台詞的演員才更感到難為情呀。大家只能不顧羞恥，試圖醞釀出氣氛，裝出緊張急迫的聲音說出「被發現時已經死了嗎？」的台詞。怎麼說都難掩便宜行事主義的色彩。

比方說類似原子怪獸拉頓的角色突然出現。四處竄逃的民眾中，有一位原子能研究所的工作人員。鏡頭拉近拍他的特寫時，他的臉上露出害怕的表情，顫抖的手指向怪物大喊：

「啊！那就是殺了我們所長的拉頓。」

問題是一個因為受到驚嚇而不停發抖的人能喊出充滿說明性的句子嗎？我甚至想建議，既然要說明，乾脆徹底些改成以下台詞如何！

「啊！那是據說早在六千萬年前就已經從地球上滅絕，不知為什麼最近又突然出現殺死我們所長的拉頓！」

如果是家庭倫理劇就可以改成：

「咦？在那邊的應該是每天都開車上班的渡邊吧。」

「哎呀，坐在開車的渡邊旁邊的是上個月剛跟隔壁鈴木家租二樓房間住的花子小姐嘛！」

「嗄！上個月剛搬到隔壁鈴木家二樓房間的花子小姐呀！」

「嗄！坐在開車的渡邊先生旁邊、上個月剛搬到隔壁鈴木家二樓房間的花子小姐呀！」

說明式台詞的拙劣一如所示。越是好的劇本就越該以不落痕跡的形式，透過自然的會話和劇情將說明編入其中。

◆說外國話的外國人

還記得第一次搭飛機滑進外國的機場時，我眺望著窗外，心中湧現莫名的感慨。

當時我漫不經心地眺望窗外，看著在機場忙進忙出的工作人員。有人一邊揮舞著類似團扇的圓形標示引導飛機滑向停機位置、從載滿燃油的黃色小卡車上跳出幾名身上扛著東西的男人，還有一些掩著耳朵避開噪音等著飛機停止的工人。他們看起來都衣著邋遢，一副落魄潦倒的樣子。而且絕對都是白人。

這是我頭一次親眼目睹白人的基層勞工階級，看來他們窮酸無知的模樣，在我心中形成了珍貴、不可思議、無法預料的存在。我在心中大喊白人居然也會做那種打雜的工作，旋即又暗自感到羞愧。我的心態豈不是跟那個說什麼在倫敦就連乞丐也會說英文的冷笑話沒什麼兩樣呢！

潛藏在自己內心深處的白人崇拜觀念更是讓我震驚不已。

如果有人問我對外國人的定義為何，我肯定會毫不遲疑地回答：所謂的外國人就是只會說外國話的人。對我而言，他們身為一個人格之前，幾乎已是外國語的本尊。

當然也因為我的外文很爛，一旦無法用外國語說出想說的話或是不能理解對方說的話而不斷重複反問「Pardon?」時，就會感覺自己是柔弱無力的卑微存在。不管對方是服務生還是計程車司機，一聽到他們理所當然、自由自在地說起母語，就覺得他們的身影充滿了權威，心情頓時陷入自己彷彿是在他們面前犯錯的學生一樣悲慘。

本來對我來說，外國語就是一門學問。語言並非只是單純的語言，應該可以和汽車駕駛、烹飪、插花、社交舞的學習等歸為同屬。這種東西看怎麼用，有時也帶來便利、充滿意義；但東西本身對我們的人格並不會產生任何本質上的附加物。而我可能是難逃學習魔咒的束縛吧？只要有外國人跟我說話，立刻就擺出準備解題的戰鬥架勢。對於自己口中說出來的語言能否跟對方達到交流之前，早已經被小心不要犯文法錯誤的念頭給占據整個心頭。

總而言之，語言只要能意思相通就行了。管他是外國人還是日本人，不都同樣是人嗎？既然都是人，做的事和想的事也就大同小異。最重要的前提，莫過於以輕鬆的心情和對方交流，不需抱有自卑感。

會提出如此忠告的人，大概他個人少說也能朗朗上口兩到三個國家的語言。煩惱的級數根本和我等不在同一條線上。

話又說回來，不知道走到世界任何地方都能使用母語通行無阻的英國人和美國人會是什麼樣的感覺？換言之，我還真想嘗試一次看看，咱日本人只靠日語暢行天下的滋味！

◆關於附和

仔細觀察我們的日常會話，顯然隨聲附和對方說過的話占了相當的比率。實際上光靠附和，彼此間的會話也能順利進行。

ＢＢＣ（英國廣播公司）有即興演出的電視節目，演員即興說出的台詞讓戲劇走向意外的發展。然而隨著劇情的緩緩進行，一旦開始轉往天馬行空的方向，速度快到演員的腦筋也轉不過來時，就會一再重複對方說的話。例如以下的情況：

「你對英國人口的看法，到底怎麼樣呢？」

「你問我對英國人口的看法嗎？」
「是呀。英國人口有一半是狗和貓。」
「怎麼可能！英國人口有一半是狗和貓。」
「當然是真的。不信你去主計局確認。」
「你要我去主計局確認？」
「沒錯呀。算了，其實查年鑑會比較快。」
「對呀，查年鑑比較快。」
「年鑑放哪兒了？」
「我想想年鑑放哪兒了……」

我打算嫻熟此道，運用在無關緊要的對話上。運用此道並搭配適時的隨聲附和，再怎麼不感興趣的交談也能給對方誤以為自己認真傾聽的印象。畢竟默默聽著對方高談闊論只能偶爾發出「yes」，未免太過無趣與悲慘。此一

技術所需要的附和用語有下列幾種：

really?

not really!

quite.

exactly.

certainly.

indeed.

must be.

I can't believe it!

No!（為加強不可置信感，語尾要拉長。）

其他則是適時用於句尾：

Isn't it? Did you? Have you?

如此一來，時而重複對方說過的話，時而發出簡單的疑問句，就能發現彼此會話也能通行無阻地順利進行。

◆握手行家

握手這檔事很困難，尤其困難的是自己主動要求握手。因為搞不清楚對方是否會及時伸出手來。

或許是因為曾經讀過有人一鼓作氣伸出的手被對方忽視，一時之間不知該往哪裡擺，就在縮回摸摸自己頭髮時被身旁的女人放冷箭「你是頭痛還是怎麼了嗎」的故事，才會讓我杞人憂天自尋煩惱吧。握手就像相撲的對峙，絕對不能稍有閃神與猶豫。總之除非是相知相熟的好友，只要對方不主動伸手，原則上我就不要求握手。光是想到一手拿著酒杯一邊輪著跟好幾十個陌生人握手的雞尾酒會畫面就覺得很不舒服。尤其這不是很不衛生嗎？

不過握手也包含了高明的握手、拙劣的握手、好的握手、惹人厭的握手等不同存在。

就我所知，最會握手的人是名叫亞蘭・布龍的製片人。一個會用碧藍雙眼直視對方的高大男子，擁有一輛捷豹E-type跑車，每次提到愛車都會暱稱「我的查德」。

他的手總是乾爽溫暖，握手時修長有力的手指就像木板般直直伸出。

一般人會猛然用力緊緊握住對方的手，他則是先輕輕一握後慢慢地增加力道直到緊握的程度方止。

他的握手有一種類似時間要素的作用，獨特且強而有力的流動感給人「所謂試圖經由皮膚感受表現心靈交流，肯定就是這麼一回事了吧」的想法。

大概他精研握手之道也有一段時期了吧。一個寒冷的起霧早晨，彼此不期然在片場相遇時，看到他瞬間脫去皮手套向我伸出手來的敏捷度，感覺眼睛為之一亮。因為皮手套並非那麼容易於一時之間脫得掉的。

和亞蘭・布龍相反的是在麻六甲遇見的編劇約翰・莫提瑪（John Mortimer）。他的手濕冷，而且握手時完全不出力。給人感覺像是碰到一團濕抹布，死命才忍住想要縮回手的衝動。

◆產婦的食慾

有一種被稱為冷笑話（sick joke）、黑色幽默的病態且悲慘的說笑方式。比方說像這樣的例子。

在某婦產科醫院的病房一隅，一名剛分娩完的婦人躺在病床上。她的臉上還明顯殘留著之前經歷過的激烈痛苦與疲倦的痕跡。但浮現嘴角的一抹微笑卻也難掩自傲與安心的神采。

這時房門靜靜推開了，走進一名精神奕奕的護士。抱在她手中裹著白色毛巾的嬰兒鼓起如天使般的粉頰睡著了。母親迫不及待地伸出雙手。

「哎呀，何必還特意包起來呢，反正我馬上就要吃掉了。」

告訴我這個笑話的是一個同性戀的英國人。也就因為如此，我總覺得這是同性戀男人編派出來的故事。因為他們經常喜歡用這種無傷大雅的方式貶損女權。

我無意以偏概全，但根據我狹隘的經驗範圍，他們比起普通外國人要細膩許多、心思也比較縝密。不是指禮儀規矩方面，我想是因為心靈陰影而產生的顧慮和體貼。在人際關係上非常有耐性，懂得寬恕與達觀。換句話說，對於成長於私小說式精神風土的日本人而言，他們是相去不遠、容易親近的存在。

我始終覺得一般西方人是冷酷、武裝的存在。就算是朋友往來，也不確定彼此關係何時會變成毫不相干的陌生人。只要自己的權利稍微受到侵犯立刻就浮現冷淡指責的眼光，搞得我們神經緊繃就怕動輒引來嚴重抗議。

或是平常沉默寡言、個性害羞的大男人，突然間會以美國人特有的正義凜然姿態大放厥詞發出驚人之語：我們美國南部白人過去是如何跟黑人之間完成美好的協議、黑人有多滿足於現狀、實際上不完全沒有黑人問題的存在。

此為孰不可忍。無法忍受不懂得轉圜的心、不知羞恥的心。

我的外國朋友除了義大利人外幾乎都是同性戀者就是因為這樣的理由。

◆麥克的韜光養晦

麥克趙是年輕的華裔演員，持有英國護照。長年艱困的海外生活讓他將東方的鋒芒給武裝起來。

他同時也是抽象畫家。說起他的畫作，近乎是裝進畫框裡的純白宣紙；但仔細再看就會發現角落有淡淡的圓形墨痕或是挖開幾個小圈圈。他會賦予比方說「單手鼓掌」等極其禪味的標題，默默地展示給白人們欣賞。

看來他經由這種方法贏得相當成果，不僅有小型美術館收藏他的作品，馬德里也有藝廊邀請他去開個展。

儘管他是受過相當歐式教育的青年，對於白人仍堅守自己的東方想法。他的茶餘閒話充滿了三國志般的奇特浪漫，題材泉湧從沒有枯竭的時候。因為光是三國志裡面就散見許多類似特洛伊木馬屠城記的小故事。

在中國，女孩結婚時，母親會傳授家傳的製毒祕方。因為嫁出去的女兒有可能需要殺死正室及其小孩；又或者她是正室時，則搞不好得殺死更多其他的妻子和她們的小孩。你可能會覺得我們真是喜歡毒殺的民族，但是你知道嗎？中國沒有律師。不是人數很少，而是律師這職業根本就不存在……他會以這種方式滔滔不絕地訴說不知是真是假的故事。

晚宴是他大顯本事的場合。

在中國會將老鼠胎兒放進粗大的竹筒裡，灌滿蜂蜜後加以保存。算準裡面的胎兒化成濃漿時便取出食用，真是人間美味……說時還流露出陶醉恍惚的眼神。

他說沒有比日本人更頭腦聰明的民族了。他們會先默默讓西方人做出優良產品，一旦判斷該產品是好東西時，便一模一樣地照著自行製作。價格低得讓人難以置信。假設Zippo打火機賣一千圓，日本製的只要三百就能買到，而且性能完全不變。有如此完美的復仇嗎？簡直就是禪學。

最後一次見面時，他說買了一塊西班牙地中海沿岸的土地。說是只用三萬元買下面海的半座小山。而且只要在簽約半年內蓋好房子，建地就免費。那幢磚房雖小卻有兩個房間、浴室、廁所和廚房，大約花了四十萬蓋成。

「我打算冬天在那裡畫畫，因為倫敦的冬天實在太冷了，而且我不是還有神經痛嗎？還有中國的風濕痛。西方醫學根本不管用，一定要中國的醫生才能治。他們能用奇妙的藥方治好風濕痛，至於他們用的藥呢……」

看著他又開始用煙霧迷濛的斜眼瞄著同桌的白人們，我靜靜地起身離去。

◆愉快的航程

我們乘坐的飛機猛然朝著大地邁進。眼看著就快要撞擊地面時，駕駛員用盡渾身力量拉起操縱桿，只見機首昂然升起慢慢滑進了跑道。

這就是飛機著陸。

不過據說在這最後瞬間拉起操縱桿需要相當的勇氣，使得第一次執行的駕駛員都會忍不住閉上眼睛。而在一旁監看的前輩則是一邊大喊：

「拉呀！快拉呀！你這蠢蛋，快拉呀！」

一邊用棍棒敲打新人。

曾聽到某位資深機長聊過，有一次因為氣流的關係，操縱桿完全不動。儘管副駕駛員、通信員和兩名空服員（當然這麼做有違規定，但情非得已）都來幫忙拉操縱桿，使盡一切力量就是文風不動。隔著窗玻璃只見地面越來越逼近，就在萬念俱灰之際，操縱桿突然鬆動了，真可說是九死一生的關頭。所有人都腿軟跌坐地板，久久無法站立。

雖說是噴射客機，嘻嘻，這故事未免失於太過野蠻！

◆含羞草

飛機上突然想到，在歐洲吃過的早餐中最奢侈的飲料會是什麼呢？

可不是葡萄柚汁。葡萄柚在日本要價兩、三百圓，貴的時候會到五百。但是在倫敦最高級的一個才一先令，等於五十圓。

要說窮奢極侈的非「含羞草」（mimosa）莫屬。「含羞草」是香檳酒＋柳橙汁。

沒想到討厭香檳酒的人還不少，但如果調「含羞草」送上，大概就連討厭香檳酒的人也會露出驚豔的表情，一杯接著一杯點個不停。

我只要搭乘飛機，飲料一定喝「含羞草」。如果是頭等艙，香檳酒完全免費，可惜我難得搭乘頭等艙。航程短就算了，歐洲往返一趟和二等艙的價差高達二十幾萬，就算我想搭也搭不起呀。

話題回到「含羞草」，香檳酒不必非頂級不

檸檬榨汁器

可，即便是次級品，只要肯花錢就能暢飲免稅、好喝的便宜香檳酒。半瓶波默里（pommery）大約只要七百多圓。因為柳橙汁免費，所以只要自己各加一半，敬請隨意享用吧。

嗯，關於香檳我要補充一點。

世人常說「開香檳就要砰然有聲才大氣」，但拉開香檳酒瓶塞時發出巨響是很低俗的行為。正確做法是盡可能不弄出聲，頂多是微微噗一聲即可。

巴黎有間名為「美心」（Maxim）的頂級餐廳。比方說這間「美心餐廳」的服務生開香檳酒時發出巨響，當場就得捲鋪蓋走人，所以千萬不可等閒視之。

◆清潔阿姨的收入

飯店退房之際，行李員前來幫忙搬運行李的同時，還出現兩名穿著制服的清潔阿姨。也就是所謂的chambermaid，在我們離開房間時負責整理床鋪、清掃衛浴的女服務員，兩人是來收取小費的。

她們有時會莫名其妙地站在門口，或是假裝有事前來，用手上的抹布東擦擦西擦擦、打開抽屜檢查有無失物等等。

一副急著催討的樣子未免太過明顯。萬一我因為感覺不舒服，故意裝作不知道而沒給小費，結果有人往上報，不知會是怎麼樣的情況。

她們不一定是薪給制的，多半小費就是唯一的收入來源。因此我不是不能理解她們的心情，於是改念想說自己在這種地方犯精神潔癖的毛病實在太不公平。

總之花一點小錢既能取悅對方，自己也覺得高興。俗話說「不就是錢能解決的小事嘛」，指的就是這種情況。

聽人說美國的電暖器非同小可。應該說是溫度越高越好吧，好像非得熱到單穿一件短袖上衣做事的程度才肯滿意。

還聽說從日本帶來的一張櫸木矮几整個應聲乾裂掉了。

至於來到英國，說起電暖器（英國人真是走到哪裡都是英國人）總覺得有點冷。雖然確實是比外面要暖和些，但老實說就是有種不知賊風從哪裡吹進來的感覺。

坐在房間裡不是聊天氣就是擔心對方是否被賊風給吹到，或是拿出蓋腿用的毛毯，十足英國風情。

另外看看開跑車的好傢伙們。每個人都穿得光鮮亮麗的，即便是寒冬也要敞開車頂奔馳街頭。

夏天住進冷氣全開的飯店時，還要用膠帶貼住冷氣孔才能睡覺。或許這才叫真正的紳士、真正的運動員吧。

◆洗衣店與其他

因為是我們日本人十分常用的外來語，還以為直接就能用，沒想到有些單字卻完全說不通。

該不會有人到了國外會把咖啡（coffee）說成coohi、把布丁（pudding）說成purin，把西裝褲（trousers）說成pantsu吧。這些單字很明顯已經過於日語化，就算搞錯也不至於輕易說出口吧。

可是把洗衣店一詞誤記raundry的人卻不少。當然正確拼音應該是laundry，就像車庫也一樣，應該是garage而非catage。

另外則是重音的位置不對。例如天秤是否能維持平衡的balance，按照日語發音習慣加以類推，重音位置就絕不可能在la。發音千萬得平衡才行。

有些則是用法的不同不能算錯。比方說汽油的英文是gasoline，英國的說法卻是petrol。順帶提供參考的是法國稱為essence、義大利叫做benzina。因此也不說gasoline stand，而是petrol stand或filling station。

還有這種情形。

宴會即將告終，天空逐漸開始泛白。這時一名玩家坐在鋼琴前低喃，說話的聲音有些顫抖。

「已經是早上了，乾脆彈首morning的曲子吧！」我聽到的是這樣，心想不妙。他的發音跟一首現代爵士的名曲很像，拼音為moaning，亦即「呻吟」的意思。亞特•布雷基（Art Blakey）和他的樂團演奏這首曲子時，因為女歌手海瑟（Heysel）十分感動而低吟「神呀，請垂憐我！」他立刻附和海瑟的低吟，高喊「我們一起與海瑟呻吟」並以此為曲名。

此外就是有些誤會的用法。我經常看到在日本看似有點來頭的男士到國外的餐廳想要叫住服務生時，發出「嘿」的呼喚聲。也有人喊的是「Hey, you!」。實在讓人看不下去，至少顯得很不入流。

其實仍然應該態度莊重地說「Waiter, please!」。若是在法國則要說「Garçons s'il vous plaît !」。

◆日文英譯

我家斜對面是廣場飯店，高二十四層樓。我在飯店頂樓的游泳池教一名英國演員游泳。

今天要練習漂浮。

注意聽好了！首先要仰躺在水中。

身體不要出力，心情放輕鬆。只要將背弓起來就好了。然後下巴抬高。輕輕用兩隻腳打水，只要讓身體不往下沉即可。

接著手臂自然下垂，慢慢地向左右兩邊開合。這個時候的重點是手臂往外拉開時手掌要微微朝外，收合時則微微轉往內側。必須用手掌滑開水，否則無法產生浮力。

好，知道後就開始練習吧！

來，身體仰躺，雙腳輕踢泳池邊緣。

背部用力弓起來。

下巴抬高。

手和腳的動作太快了。

身體放輕鬆。

手肘輕輕彎起來。

不對不對。下巴可以整個泡在水裡。瞧你的手都冒出水面了。老是在水上撥水是毫無幫助的。動作慢一點。背弓起來。放輕鬆放輕鬆。沒錯沒錯。不對不對。

原想按照這樣的腳本進行教學，怎知知易行難。也許有人認為輕而易舉，麻煩請用跟閱讀一樣的速度翻譯成英文說看看。而且要在一群英國人和美國人面前大聲說出來。首先仰躺的英文要怎麼說？用腳打水是怎麼一回事？還有如何形容手掌微微往外翻呢？老是在水上撥水是毫無幫助的，應該很難翻吧。學習英文至今已十幾年，如此簡單的內容還是說不出來。

對於英語的信心頓時變得委靡不振就是這種時刻。

◆壽喜燒戰爭

請了平常合得來的演員朋友和工作人員來家裡吃炸豬排。

雖然壽喜燒火鍋的風評也不錯，但因食材只有牛肉、大蔥和萵苣，我個人已經吃膩了。而且煮壽喜燒火鍋很麻煩。

麻煩之處就在於牛肉得自己切片。比方說一公斤的牛肉用不夠利的西班牙菜刀切成薄片大約得花三十分鐘。

在國外大概沒有用薄肉片做成的料理吧。那應該是為了方便筷子取食吧。不然你仔細想想看嘛，桌子正中央擺著壽喜燒火鍋，圍坐的五個人一旦同時操起刀叉搶奪肉片，會是什麼樣的光景呢？

恐怕只能用戰爭二字來形容吧。

招待歐洲人來家裡吃飯時，為了從精神面強制他們使用筷子，我都會先高談闊論一番。

各位，餐桌上是休憩的地方，是放鬆心情的地方。

也是懷抱著深深的感謝享用來自大自然恩賜的喜樂場所。

將類似凶器、感覺很不吉利的金屬刀叉帶進如此和平的地方，難道不覺得很不恰當嗎？

單就味覺來說，我個人並不喜歡用金屬取用食物。用刀子切開的平整切面顯然破壞了食物自然的口感。

相對地且改用我們東方人的筷子吧。

如此安靜、樸實的造型，用竹子或木材製作的質感，還有相較於刀叉只有六、七個世紀的歷史，筷子的使用已超過了兩千年。

如何，各位是否也想用筷子進食呢？

就這樣來我家用餐的朋友都很會用筷子。遇到無論如何就是學不會拿筷子的人，其他人雖然會露出安慰的表情送上刀叉，卻難掩內心的沾沾自喜。這些傢伙很可愛吧？

對了，今天的菜色是炸豬排。

看到切成細絲的高麗菜，朋友們都很高興。只見堆成小山似的一口大小炸豬排立刻就盤底朝空了。

順帶一提的是我家的炸豬排，做法有點取巧。

首先蘸上麵衣後下油鍋炸。單面炸好後翻面，等到兩面都炸成金黃色浮起來後就撈起，放入平底鍋後進烤箱。

如此一來可適度逼去麵衣的油脂，外觀也比較好看，也不會因為過熟讓肉質老掉。

◆高中英文

有個中國人告訴我一則笑話。

「我討厭兩種人。一是有偏見的人，一是黑人。」

身處倫敦我才深深發覺日本人的手有多巧。

比方說逛百貨公司，假設買了方方正正類似書籍的東西吧。即便如此簡單的形狀，他們也無法包裝得好。

紙包的外觀總是鬆垮不服貼，感覺有點破爛。就連繩結也沒辦法拉緊打在中間，歪歪斜斜的很不像樣。

書本之類簡單的東西已然如此，更何況要將檯燈、罐頭和衣架包在一起的話，更是束手無策。

拿到包好的東西後走不到五、六步，就已經開始鬆脫散落了。

「還有他們也很不會算錢。」

彷彿撲克牌算命師一樣，先一張一張將起皺的鈔票放在桌上壓平，難怪很花時間。

我心想下次要先學好禮品包裝、算帳和珠算再來購物，到時候一定讓他們瞠目結舌。

不過我現在倒是在學校裡學習英語。因為美式發音在歐洲和英國的評價很低，打算趁機好好練就不列顛大英帝國的純正發音。

所謂的英式發音，比方說發R的音時，不像美式會縮緊喉嚨。且子音的發音明確，因此butter一詞不會發成「貝勒」的音。不會有鼻音。O的發音比較近似A。像是：

Don't smoke.

其特色就是會說成「道・史梅苦」。

只要學好這種英式發音，走到哪裡都不會出糗。有時還會被美國人問說「你的發音很正確，是在哪裡學的」。這時我大概都會回答「我只有在日本的高中學習過英文」。

◆預先知道較好的一些事

我想外國人聽到都會很驚訝的有：日本電視有七個頻道，從一早到深夜都有節目播出、每年製作的電影數量多達五百部、大學畢業的新手上班族薪資約週薪一百四十美元、喜歡吃生魚。

還有長期以來始終都是熱門話題的切腹。

我也是最近才習得一些有關切腹的知識，所以每當有人提起切腹的話題時，我就會露出不耐煩的表情開始說教。

我跟你們說呀，所謂的切腹可不是肚子一切開後，人當場就會死。切腹需要有名為介錯人的助手在旁邊，幫忙將切腹者的頭給砍下來。

因此下刀只能砍至脖子的四分之三處，接著迅速抽回刀子，抽回的過程中仍繼續切開脖子直到適當的位置才止。

首先下刀的時機很難掌握，得視切腹者的勇氣而定。

也就是說，判斷切腹者的勇氣程度也是身為介錯人的重要任務之一。

最膽小的人被稱為扇子腹，在供著刀子的高腳祭器上放有扇子。並將祭器置放在較遠的地方。切腹者伸手要拿扇子時身體會往前傾，那就是下手動刀的時機。

上一級的過程一樣，但是將扇子改成刀子。再上一級的則是在手碰到刀子時揮刀而下。其次是拿起刀子準備切腹時砍下去。

此外還有在刀子插進肚子時揮刀、在插進肚子後橫向拉開時動手。最有勇氣的人是橫刀之後再向上剖至胸口，接著取出懷紙將刀擦拭乾淨收進刀鞘放回高腳祭器上，端正好坐姿後才開口說聲請時，介錯人才下刀。

另外也有稱為自決的切腹，那是沒有介錯人在一旁輔助的情況。也就是說，切腹者得自己割斷喉嚨死去。

這種情況尤其要注意的是肚子不能切得太深。肚子切得太深時，會因為驚慌而造成大量出血，以致失去了割斷喉嚨的氣力。換言之，在那種姿勢下會拖很久也很痛苦，被認為是難堪的死。

所以千萬要記住：自決之際，切腹只要稍微劃破肚皮即可。

總之就是這麼一回事。

你們動不動就提到切腹，真正的切腹就是如此。

如此一來大概全場都會變得啞然無聲。之後在某些場合，萬一有人在當時聽過我說教的人面前又提起切腹的話題，他就會滔滔不絕地現買現賣起來。而我只要在一旁靜靜地微笑露出「我可是每年都要切腹」的表情。

相信關於切腹的正確知識，如今已然在歐洲各地連鎖蔓延開來。

◆且做好心理準備

到世界各國旅行後發覺對於一個城市或一個國家的印象竟是取決於一些枝微末節。

比方說加油站員工的態度、飯店壁紙的圖案、在機場海關等待的時間長短、還有看到餐廳用來裝辣椒的容器之美等小地方。

俗話說「別帶偏見去旅行」，果然是一句讓人擊掌叫好的名言。令人驚訝的是我們總是用某種模糊的印象，做出某種確定的結論。

假如立場對調，該國人民也會根據我們這些旅行者的小動作而建立起對日本人的固定印象。

因此旅行者得記住自己事實上正代表其母國。

我要說的做好心理準備就是這件事，另外還要附帶一點。

有所謂思鄉病的說法。那是一時之間脫離人生的狀態。感覺現在的生活是虛假的生活，感覺只有回到日本才是真實生活的開始。

這種時候就需要鼓起勇氣，不可以脫離人生。或許語言無法運用自如、或許生活孤獨寂寞。但也不能藉口是虛假的生活而選擇逃避。

唯有在接受這就是現實的同時，國外的生活才開始產生意義，這是我的看法。

II

◆沉痛的調酒師

兩天前來到馬約卡島（Majorca）。馬約卡的風景與其說是西班牙更接近南法，尤其是普羅旺斯地區艾克斯（Aix en Provence）一帶，風景宛如塞尚的畫作。

特別是天空的顏色、山壁的岩石肌理、松樹形狀等，感覺上都明顯受到塞尚的影響。

我們住在舊城堡改造的飯店，裡面的酒吧更像是古老的槍械陳列室，有些形狀極其單純的手槍、長度未免太長幾乎跟旗杆一樣的槍炮、扳機部分有著精巧裝置的石弩等掛滿了一整片牆。我們在那裡點了兩杯雞尾酒，一邊啜飲一邊眺望著逐漸轉換成虹彩的暮色，只見周遭慢慢沉浸在如潮水湧來的夜晚之中。

這家酒吧的領班是第一流的調酒師。

他調製的香檳雞尾酒滋味絕妙，而且就我所知他是唯一用單手搖雪克杯也不會讓人感覺討厭的人。

本來單手搖雪克杯一向被視為是旁門左道，因為完全沒有可以用單手搖杯的說法。硬要使之正當化的話，只能說是要讓空出來的手可繼續做別的事。也就是說，是為了清楚顯示出因為忙所以得用單手作業的必要性。

事實上他的動作十分優雅。甚至可說是帶著沉痛的表情一邊搖晃雪克杯，一邊用空出來的右手收回客人面前的菸灰缸、倒掉菸灰、送上新的菸灰缸、倒掉收回來的杯水、將水杯浸泡在水槽中、將橄欖盛於小碟送到客人面前、拿出杯墊，即玻璃杯墊、取出雞尾酒杯中冰鎮用的冰塊後置於杯墊上、放好後將完成的雞尾酒慢慢倒進酒杯裡。

動作流暢優美，毫無停滯。手總是處於最近的距離，臉上始終保持沉痛的表情。

◆對於雞尾酒的偏見

我認為所謂的雞尾酒，其實味覺和表演各占了一半。

所以我對於利用星期天將三個裝橘子的紙箱改造而成的家庭吧檯完全無法苟同。當然人各有好，或許也能有相對應的享受方式，但我是敬謝不敏的。

通常在日本喝的雞尾酒很難喝。也難怪雞尾酒會招致誤解。不是甚至有股「真正愛喝酒

雞尾酒推車

的人」是不喝雞尾酒的風潮嗎？

究竟東京有幾位能夠調出好喝雞尾酒的調酒師呢？我想恐怕屈指可數。所以在其他地方喝奇怪馬丁尼的人們會對雞尾酒產生偏見。

真是太遺憾了。畢竟所謂的雞尾酒本來就是讓愉悅的東西。首先要是沒有雞尾酒的話，那在晚餐前的等待時光該喝什麼打發呢？白蘭地是餐後飲用的得先剔除，所以變成先來杯啤酒下肚，不然就喝日本清酒。下次打算吃牛排時就點日本酒試試吧，問題是得考慮到在座的是否有女士。你或許可以喝威士忌，那她要喝什麼才好呢？

我會斟酌她當天的心情、喜好、酒精接受度，還有服裝的顏色等點選完美無缺的雞尾酒，我認為那種喜悅是身為男士的一大樂趣，不知你們的想法如何？

接著提醒關於雞尾酒的二三事。

馬丁尼（Martini）

冰塊放入馬丁尼酒杯進行冰鎮。另外將冰塊放進調酒杯中，依序倒入乾琴酒、不甜苦艾酒，用調羹攪拌兩、三下。琴酒和苦艾酒的比例可依個人喜好三比一或九比一都好。雞尾酒本來就是要喝冰的，所以也有些調酒師習慣先將整瓶的琴酒、苦艾酒等冰鎮起來。

其次倒掉雞尾酒杯裡的冰塊，將馬丁尼從調酒杯中倒進馬丁尼酒杯。

接著抓住切成條狀的檸檬皮兩端至馬丁尼上方輕拉後扭轉再放進馬丁尼中。

要製作比九比一更不甜的調酒時，調酒杯中只倒進琴酒。其次將苦艾酒直接倒在雞尾酒杯裡的冰塊上，然後將冰塊和苦艾酒一起倒掉。也就是說在苦艾酒只沾濕雞尾酒杯內側的狀態下，將馬丁尼從調酒杯中倒進馬丁尼酒杯。

扭轉檸檬皮如何處理有一好方法，此時的檸檬皮可削成直徑一公分的長條。其次點燃一根火柴拿在右手移至調酒上方，將捲曲的檸檬皮拿到火上稍微扭擠。如此一來從檸檬皮上的毛細孔（應該沒有這種說法吧）噴發出來的油脂會燃燒發出藍色的細微火光，將檸檬的香氣轉移到馬丁尼之中。

沒有這麼做的話，表面上會浮現閃閃發光的油脂，就像是用被油脂汙染的杯子所盛裝的馬丁尼。

琴蕾（Gimlet）

此調酒需要用到濃縮萊姆汁。

而且還必須是英國玫瑰（Rose's）公司出品的才好喝。不管是萊姆汁還是萊姆果醬，只要跟萊姆有關的就非玫瑰牌不可。

將冰塊放進調酒杯中，依序倒入乾琴酒、萊姆汁。關於比例眾說紛紜，我想二比一的比率最為適當。

然後倒進冰鎮過的香檳酒杯後，放進一顆胡桃大小的冰塊。

這原本是搭船經過赤道時慶祝儀式上所喝的雞尾酒。之所以放入冰塊是考慮到冰塊撞擊玻璃杯會發出清涼有勁的聲音。

因此若非處於大熱天下，其實這冰塊可以省略不用。

琴霸克（Gin Buck）

據說buck一詞有僧侶的意思。原來從前某家琴酒的酒標上印有穿黑色僧袍的修道士圖案而成為語源，但並非定論。

buck和buckskin的buck拼音一樣。順帶一提的是有人以為buckskin是皮革背面。還有「麂皮背面」（suede buckskin）的說法，但其實毫無意義。因為buck是公鹿，因此buckskin應該是鹿皮吧。至於suede，那是沒有揉製過的山羊皮。所以「suede buck- skin」豈不就像是豬肉烤雞串一樣牛頭不對馬嘴呢。

琴霸克使用的酒杯叫做柯林斯杯（Collins），是一種由上到下同樣粗細的圓柱形酒杯。

首先對切檸檬，並在表皮劃上幾刀。原則上是為了易於擠出檸檬汁，而劃上一些刀痕。

將檸檬用力擠壓在杯底。

琴酒依個人喜好倒入杯中，然後兌入薑汁汽水和幾顆冰塊。

此酒越是冰涼越好喝。

在葡萄牙馬德拉島（Madeira），人們偏好酸滋味會擠入更多的檸檬。

種植者潘趣（Planter's Punch）

將冰塊敲碎填滿一整個柯林斯杯。

敲碎冰塊的方法是：拿乾布包住冰塊後，再用冰鑿柄或可樂瓶輕輕敲碎即可。碎冰的英文叫做frappe。

接著將半顆檸檬、半顆柳橙擠成果汁。蘭姆酒、糖漿依個人喜好添加，裝入雪克杯中搖晃至即將結凍後倒入柯林斯杯，上面再倒進碎冰。杯緣裝飾切片的柳橙、檸檬和一片鳳梨，甚至可加上一顆櫻桃。正式做法應該要插上薄荷葉。

總之要像兒童套餐般裝點得熱鬧繽紛才行。吸管要插上兩枝，順便再插上一根攪拌棒吧。最後玻璃杯表面先擦拭乾淨後，再用雙手將剩下的碎冰用力壓在杯子兩側，碎冰會像瘤一般附著上去。

千萬要注意的是，若非用乾布包起來敲碎的冰就絕對附著不上去。

◆小菜（朝鮮薊及其他）

既然提到雞尾酒就順便介紹下酒小菜的常識。問題是我又並非對做菜特別有興趣，所以只能做些簡單菜色。

例如青椒切絲拌柴魚片後淋上醬油吃之類的小菜，也可以添加一些魩仔魚。類似做法的還有打兩顆生雞蛋，撒上大把的柴魚片和海苔再淋上醬油後拌勻吃。有山藥的話亦可切條後如法炮製。

朝鮮薊

更簡單作法是將切成薄如紙片的洋蔥或是切成細條的紅蘿蔔用鹽巴醃來吃，跟威士忌酒很對味。

其實只要有心，我也能做法國菜。

有種植物叫做朝鮮薊，英文是artichoke。乍看就像巨大的綠色百合蒜，如毬果般層層重疊的鱗狀葉片，尖銳而厚實彷彿龍舌蘭一樣。

在日本的當令季節是五月到六月。在東京只要先跟店家說一聲，到處都有得買。剛上市的價格高，一個約兩百五十日圓。到了六月底應該能便宜個五十圓吧。

朝鮮薊下水煮二十分鐘後放進冰箱冷藏即可。做法僅僅如此。碟子裡裝一些橄欖油，加入少許的檸檬汁、多一點的黑胡椒粉、少量鹽巴做成蘸醬。吃法也沒什麼特別。由外向內依序將朝鮮薊的葉片剝下後蘸醬汁食用。雖說是吃葉片，但因葉片只有靠近根部的地方有些柔軟的葉肉，所以得用牙齒抵住葉片中央後，抓住葉尖慢慢往外拉，將葉肉擠出。

依序吃完幾十片後，越往內側的葉片越為柔軟，最後幾乎整片都有葉肉可食。葉片全部剝完後，中間會留下圓盤狀的薊心。薊心長有細毛，吃時得先拔除。還好隨便一扯就能整團脫落。說到這薊心堪稱美味，而且到達薊心的過程少說得花上一、二十分鐘，再沒有如此充滿樂趣的食物了。我在馬德里租房子住時，每天都要連吃兩到三個，多的時候可以一天吃七個。

至於問我是什麼味道呢？且讓我想想看，最接近的應該是蠶豆的滋味吧。

最後要介紹的是蝸牛。蝸牛就是路螺，自己要烹調就只能買現成的罐頭。印象中在日本看過十八個裝的罐頭要價是一千一百日圓。

然而罐頭的缺點是只有蝸牛肉。蝸牛料理原本該用到蝸牛殼，代用品是將蝸牛肉填進形狀類似對切雞蛋殼的容器中。

吃時左手使用「蝸牛殼固定鉗」（類似女人的睫毛夾）按住外殼，另一隻手拿小叉子挖出蝸牛肉享用。

但如果不在乎那種慎重其事的感覺，不用那些道具也毫無問題。先在盤中排好蝸牛，撒上切碎的西洋香菜和少許的蒜末、奶油、一點鹽巴後送進烤箱。待奶油一沸騰便從烤箱中取出，趁著奶油還嗞嗞作響之際大快朵頤。

其實真正的做法可能需要用到葡萄酒，不是這麼簡單。只是我一向都這麼做，事實上滋味也都美味可口。

◆義大利麵的正確煮法

到非義大利人服務的義大利餐廳、非中國人服務的中華菜館用餐的食不知味感，簡直就跟到英國人服務的英國餐廳吃飯一樣不相上下。抵達馬德里後的最大失望就是這種遭遇。

之所以提到英國人，是因為他們的食物太驚人。炸得酥脆的洋芋片上居然加了荷包蛋來吃。話雖如此，倫敦還是有道地的義大利餐廳。中華菜館也能做出跟澀谷一帶的小店同等級的滋味。

那是因為都是本國人開的店的關係。

可是馬德里的義大利餐廳，菜單上竟出現了義式義大利麵的菜色。這絕對是不行的。這種店家推出的義大利麵大概跟日本吃的很類似。基本上就是麵條煮過頭都糊爛掉了。放進平底鍋加上各種配菜，再以番茄醬和炒後，趁熱送上餐桌的吧。

這種東西絕對不能叫做義大利麵。會稱之為義大利麵的人，我想應該請他們跑一趟位於銀座附近、以美國遊客為對象的旅遊紀念品店。讓他們買下絲質的和服改製洋裝，穿上後並搭配高跟鞋走上街頭看看。

到底真正的義大利麵為何呢？首先要買到義大利製的義大利麵條。

其次選用家中最大的鍋子燒一鍋水。沒有大鍋，用臉盆或水桶都行，總之就是越能裝水的越好。

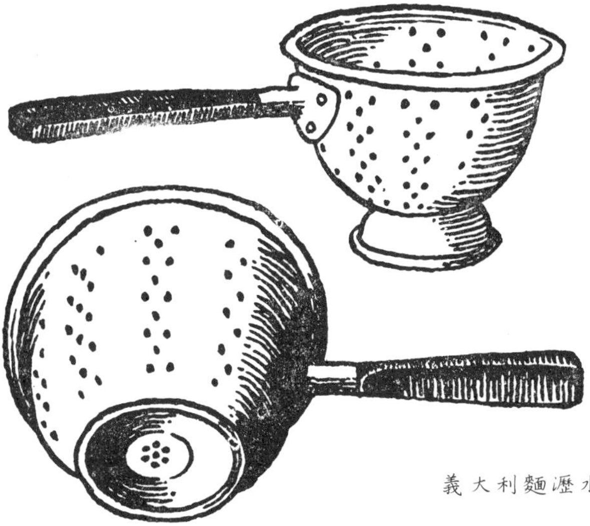

義大利麵瀝水勺

水即將燒開前丟進一把鹽巴。

燒開後，將義大利麵條放進鍋裡，盡量不要折損麵條的長度。

麵條的熟度要比信州蕎麥麵稍微硬一點。取出一根麵條用前牙咬咬看，感受一下彈牙的口感。這就是義大利人說的Al dente。

好了，義大利麵條已經煮至彈牙程度的口感。

用一個大型漏勺將麵條撈起後迅速瀝乾水分。千萬不可搞錯拿去沖冷水。接著在空鍋中放進一塊奶油，由於鍋身還是熱的，奶油已開始融化。這時放進瀝乾水分的麵條。麵條本身也還是熱的。不停在鍋中攪拌，讓奶油沾附在所有麵條表面。

以蕎麥麵來說，這就是「籠屜」，義大利人稱之為Spaghetti al burro。

也就是說，所謂的義大利麵得要白淨淨、熱騰騰、滑溜溜、有彈牙口感、油光閃亮。

麵條上再撒上現磨的帕馬森乾酪（Parmesan），一個人的分量約三大匙最是香濃可口。有的服務生還會因客人撒的起司粉太少而真心動起怒來。

Spaghetti al burro的burro是奶油的意思，但如果加上番茄醬汁就成了Spaghetti pomodoro，別名拿坡里番茄麵。

首先在小鍋中放進同量的奶油和橄欖油後開火。加進少許蒜末和適量的蔥花，開始燒焦時放進番茄。番茄可依個人喜好整顆帶皮或切碎放進。或是也可以放進少許切碎的西洋香菜，淋上一滴塔巴斯科辣椒醬（Tabasco sauce）。用小火煮到醬汁濃稠後便大功告成。打死我也不用市售的番茄糊、番茄醬。

在此番茄醬汁裡放進剝好的貝類，待湯汁一燒開立刻從爐火上移開。淋上此一醬汁的義大利麵叫Spaghetti alle vongole。

Spaghetti alle vongole 盡可能要用細麵，最好也不要撒上起司粉。

◆湯煙蒸騰的夏日草原

盧森堡廣播電台是個奇妙的電台，所有節目都只播放輕音樂。所以最適合開車時聽，但今天聽到盧森堡廣播電台播放的曲子〈Louisiana Mama〉時，卻讓我不禁用力拍了一下大腿。

頭一次聽到這首歌的原文解開我長年疑惑的那種喜悅，真的就像廣告詞中蟲隻蜂湧而出的快感一樣。

從電視裡聽到的漣健兒作詞的日文版本如下：

祭典開始了
那一個晚上
女孩邀我兩人共處
我們去跳舞
然後她悄悄對我說
她最喜歡的人是我

我真是又驚又喜
整個人快飛上了天
我的路易斯安那媽媽
羅尼歐利

對於這最後一句的羅尼歐利，過去曾引發論戰。有人說是歐利歐利，也有人說是羅利歐利、佛利歐利，更有人一口咬定絕對是諾利歐利。比較講究的人認為羅尼歐利之前應該還有個輕輕發出的一聲芙。所以主張是芙羅尼歐利。

因為眼前我已解開這個謎題，當然會忍不住用力拍了一下大腿！

原來根本不是羅尼歐利而是from New Orleans。

此外流行歌曲〈可愛的寶寶〉則是另一道謎題。

比方說歌詞中有一句聽起來是「絲加拉卡baby」，讓人費疑猜。

當時也是議論百出莫衷一是。

在我聽來是「依基一基baby」。不對，感覺又更像是「稀奇里基baby」。直到買了唱片才確定是「Pretty Little Baby」。但就算知道真相後再聽，大家還是一臉的不以為然。

類似故事層出不窮，最後再舉一個例子。我認識的一個小朋友只學會貓王普里斯萊〈Hound Dog〉的第一句歌詞就跑來我面前唱個不停。歌詞還挺神祕，我聽起來像是：

湯煙夏日草原獵犬

湯煙（日文發音yu-en）、夏原（natsu-bara），簡直就是日文嘛。

感覺有種溫泉地熱氣蒸騰夏日草原一獵犬的畫面。

原文歌詞竟是You ain't nothin' but a hound dog。

曾經看過火腿X的菜單。曾在海邊看見「Peach Side Hotel」的大型看板。可能一開始是桃端先生開的店也未可知，看來我們日本人對於英文子音的感覺十分遲鈍。

只要子音一多舌頭就幾乎快轉不過來。偏偏在電視台唱歌的人受到美式英語的影響，誤以為類似Pretty Little Baby的子音發太清楚會顯得英文不好，故意唱成Prettle Baby才像是道地發音吧。

聽說「如何加強英語」的書中甚至還寫著：可將going說成goin，讓最後的子音不要發出聲。我想這種教學態度是不對的。

日本人對於英語子音的發音可說是再神經質不過了。到頭來我們還是說成湯煙夏原、羅尼歐利什麼的。要是有人敢說自己並非如此，那就請去路上抓個英國人正確說出celery或是salary的發音。可千萬不要發出義大利式的捲舌音al。既然你說自己的發音沒問題，只要能讓英國人認同，我就相信你的實力。辦不到的話，那你和我們沒有什麼兩樣，同屬羅尼歐利一族，還得重新學習。公然在電視台高歌賺錢未免神經太大條，畢竟對孩子們的聽力造成不良影響。

◆誰還穿短襪

說到巴黎不存在的東西，我第一個就要舉出女人穿的短襪。

羅馬也不存在。根本就沒有人在賣，就算有賣也沒有人會買。因為沒人肯買，自然也就沒有人要賣吧。

那麼為何沒有人想要買短襪呢？我認為理由如下。

本來女人的腳只要保持單純、清爽、輕盈就是最美。而且腳踝越纖細輕盈，豈不更讓其他部分的線條、量感顯現出女人味，也變得更加柔美。不是有種楚楚動人的感覺嗎？那種感覺明眼人一看就懂。

無償傳授這個知識有點可惜，但我還是要告訴大家男人帥氣的重點在於西裝褲，女人之美要看裙子和腳踝。只要線條乾淨俐落，其他地方也就不會有太大問題。反過來說，儘管其他地方都很好，唯一忽略此一重點就絕對不行。事實就是如此。

然而東京的女學生竟然穿起了刻意摺成皺巴巴的白色棉襪。真不懂幹嘛那麼辛苦，要讓腳踝顯得又髒又厚重呢？

男人也是一樣。白色棉襪只會讓腳踝變得更粗，感覺很悶熱，看起來就像是西方社會的乞丐一樣。

該不是有人把funky即粗俗當有趣一路奉行到底吧！

◆於是乎巴黎

接近冬天時回到巴黎一看，感覺滿街的人都穿起了皮衣。

但也只有白天如此。以晚上六點為界線，街上的皮衣立刻消失得乾乾淨淨。因為皮衣給人低俗的感覺，本來就不適合夜晚穿著。突然覺得這種建立生活秩序、自己的夜晚格調自己訂的精神，有點讓人神情氣爽了起來。

說到Mieko Takashima，她是日前被聖羅蘭挖角的日本頂尖時裝模特兒。登上Vogue雜誌巴黎時裝週特輯的首頁（這可是莫大的榮譽）後瞬間躍升為世界一流。Mieko說聖羅蘭的一套訂製服，多的時候可以修改達二十六次。是嗎，二十六次嗎？那豈不是連該如何修改都不知道了，真是太偉大了。倒不是說二十六次的次數很偉大，而是修改了二十多次居然還能發現缺點，那種檢查眼光的嚴格和對品牌形象的堅持，不愧是世界超級一流。

◆弄錯場合

有所謂「充滿個性的打扮」的說法，我個人是完全不能認同。至少就男人而言絕對是錯誤的做法。

比方說晚上六點以後，穿著紅色運動衫走進餐廳的話，也許是充滿個性的裝束。但絕對稱不上是好打扮吧。首先講究一點的店家就會擋在門口不讓你進去，並反問：

Would you be good enough to be dressed up, sir?

畢竟甚至有些電影院沒打領帶是進不去的。只不過那種地方的辦公室通常都有領帶可租借。

也就是說，男人的打扮得玩真的才行，得走正統路線。絕對不可弄錯場合穿衣服。手套就應該用野豬皮製的、外套則是選用喀什米爾羊毛較好、眼鏡要蔡司鏡片、打火機買純銀的登喜路、至於領帶希望是法國精品Jacques Fath。不，我是說將來有一天但願如此。

總而言之，再怎麼精心打扮，說穿了就是組合別人的作品穿在自己身上。既然如此，乾脆放棄那些矇混騙人的組合，何不一心一意朝正統邁進呢！

正統的相反是什麼？正統的相反是弄錯場合。什麼叫做弄錯場合呢？比方說在銀座並木道上開MGA敞篷車呼嘯而過，「熊孩子」一詞簡直是為他們量身而造的人們。

不知是排氣管剪短還是打洞，甚至整個拆掉？還是只用低檔或二檔開車自然會發出那種噪音，總之一路上盡發出機車般轟隆隆的聲響揚長而去。

或許他們自以為「很帥氣」。

依我說這就叫弄錯場合。

我不是故意要唱反調，而是真的很土裡土氣，不登大雅之堂。所以我要小聲奉勸一句：各位還是別再肉麻當有趣了。

否則名貴的跑車也要暗自啜泣。

法國勒芒（Le Mans）有舉辦汽車賽事。

我想應該是跑車的二十四小時耐力賽。包含蓮花、奧斯頓・馬丁（Aston Martin）、法賽・維嘉（Facel Vega）、賓士、捷豹、保時捷、法拉利、蘭吉雅、愛快羅密歐等跑車大廠將傾公司全力建造的汽車送來參賽。當然駕駛們也都是一流的頂尖好手。

這時比方說有兩個義大利的修車技工開著一輛破舊的飛雅特前來。而且飛雅特後面還拖曳著無蓋貨車。

在這輛無蓋貨車上可不是好端端地載著一輛訂製款的法拉利嗎？沒錯，那可是他們過去一年不吃不喝收集零件親手打造的法拉利跑車。

他們能贏得勝利嗎？絕對沒有勝算的可能。根本就不是大資本的對手。而且只要參賽一次，這輛車就會淪為廢鐵。

說得倒也不錯。不信你以將近兩百公里的時速連續跑二十四小時看看會怎樣？輪胎磨平汰換就要好幾次。引擎、踏板等逐漸耗損，就算出一百台賽車，能收回的頂多也只有十台。

也就是說他們傾囊所有，投注在這一年一度賽車盛事的豪賭上了。

而且毫無勝算。

然而他們可不是搞錯了場合。

我說這叫做「玩真的」。

豈不很帥氣瀟灑嗎！

據說知名賽車手摩斯（Stirling Moss）平常都騎自行車。他說滿街跑的汽車，於己並非汽車不過只是代步用的腳。既然是代步用的腳，騎自行車還比較健康。

好一番見識不是嗎！

◆有原則的人

人世間有一種人會為生活的所有細節根據自己獨特的見解設下嚴密的原則，然後堅決遵行不悖。

例如用啤酒杯喝啤酒時，啤酒杯要怎麼拿。通常不都是將把手轉向右邊放在桌上，直接用右手拿起來喝嗎？怎知他老兄卻說不對。把手非得擺向左邊不行。說是當用右手拿起把手時，要有種好像酒杯靠在整個手背指頭根部的感覺才行。這才是正統德國握啤酒杯的方式，其他方式都不可能抓穩酒杯。

還有像是報紙得從訃聞開始讀起才是正確做法。橘子要從枝葉相連的那頭，也就是從綠色蒂頭開始才是正確剝法。名片上的字體當然僅限於直式明朝體。法國文學教授辰野隆的名字正確念法是yutaka，製作人藤本真澄的名字發音為sanezumi，所以當其他人說成是takashi或shincho時就一定會開口糾正。英文字母的N和M的正確筆順是先寫好左右兩邊的直線。

另外像是有的人抽菸時會先將香菸敲兩下後再點火，這時紙捲裡的菸草會往一邊集中造成另一邊變得稀疏。令人驚訝的是竟然有人從稀疏的那一頭點火！為何要故意這麼做，讓香菸充滿焦紙味呢？哪有如此不合理的吸菸方式呢？

其他像是日本足袋上的釘鈕非幾個不行。製作餃子皮時高筋麵粉和低筋麵粉的正確比例如何。顯微鏡的正確使用方式。要用什麼樣的謙遜語對外人說明「因為太太生產，課長請假沒上班」才是正確說法呢？問題是課長老婆生小孩，有誰會大聲嚷嚷這種事，有的話我還真想看看對方長什麼樣！

如今日文的讀音真是亂七八糟。撒水（sassui）變成sansui、洗滌（sendeki）變成senjou、情緒（jousho）變成joucho，昨非今是已理所當然。訂正錯字出現快（會）心一笑、寺小（子）屋＝私塾、頭骸（蓋）骨、首實驗（檢＝驗首級）等問題已成舊時回憶。事實上這種人賣弄的小知識還真是包羅萬象無所不包。

搞不好上廁所時還會沉浸於「此時就是要好好脫糞一番，才不枉脫糞（dappun）一詞爽快的語感」的想法之中！

◆桌上的明信片

不管怎麼說，要求正確是好事。保持定見、弄清事理也是好事。

日本曾經流行所謂的「度假裝扮」（vacance look），滿街都能看見。與其說是不合事理，應該說是暴露了毫無定見的亂象。既然叫做度假裝扮，就應該在度假勝地穿著吧。所以拜託各位到了避暑景點與海邊時再穿上。或是放輕鬆在家裡休憩、開車兜風、運動、散步時才穿。既然受到度假之名的吸引而選購，就請名副其實地穿用。一身度假裝扮竟敢出沒在夜間劇場、餐廳、俱樂部等場合，我真是難以理解那種人的神經線有多粗！換言之正是東京巨獸這個毫無定見、骯髒汙穢的城市風貌縱容出如此不合事理的現象。

我倒不是因為所有的男性都不穿西裝打領帶而憤慨。我只是希望凡事要合情合理。

日本的夏天高溫多濕，所以穿長袖襯衫會覺得很麻煩，也很不合理。於是乎香港衫應運而生，倒也無可厚非。問題是穿香港衫要打領帶，可就讓人十分不愉快吧。

一方面有走到哪裡都要求打領帶的惡習，另一方面則跟任何場合都穿度假裝扮出席的旁若無人現象共存，真可謂是彼此互補搭配均衡。但願日本能持有向先進國家學習的定見才好。

比方說既然要穿西裝打領帶，就請不要在人前做出捲褲管、將襯衫塞進褲子裡、檢查褲子拉鍊有沒有拉好等動作。尤有甚者不是還有人臨出廁所之際，竟一邊拉拉鍊一邊提著褲頭走出來嗎？樣子真是太猥瑣了，連最基本的禮儀都做不到。

電梯前站著幾名等待搭乘的男女。門一開搶先出來的是男人，接著搶先進去的也是男人。而且是穿西裝打領帶的男人。難道不覺得丟臉嗎？這樣不是不合事理嗎？有幾個人敢說我才不會做那種事呢？

同桌有不認識的人不都會先自我介紹一番嗎？餐桌上不都會避免使用牙籤嗎？別人的東西不是不該輕易觸碰嗎？儘管嘴裡這麼說也許內心並不這麼想，例如到朋友家玩時看到桌上的明信片，你敢說自己絕對不會隨手動一下或翻過來看？對身為不重視隱私權的我們國人而言，不過就是個下意識的動作。

可是大家最好記住：對外國人來說這是無法原諒的行為。在國外（我也很排斥這種說法）比方說桌上放著一張明信片，並不代表可以給任何人看。而是應該解讀成一種信賴的意

味：這裡沒有未經允許就觸碰私人物件的人。

只有服裝穿得跟人家一樣卻違背了對方的信賴，這樣是不合事理的。

總之我認為體貼心、謙虛心已逐漸式微之中。

◆天鵝絨的方向盤套

我認識的有錢人買了新跑車。而且在買的當天就將方向盤套上天鵝絨布套，將假花、人偶等布置在擋風玻璃，將躺著的老虎布偶放在後窗前。或許他認為這就是愛車精神的表現。

行駛在時速四十公里的市區內開極速檔位、等到車子爬坡開始打滑時才改三檔。而且一路上不停踩煞車。開跑車的人應該都知道這個原則，駕駛跑車時應盡量少踩煞車。減速時必須一段、兩段地逐漸往低檔變換。就算天塌下來，這是絕對要遵守的最基本原則。

開著那樣的跑車卻一路上不停閃著煞車燈。豈不是在昭告天下自己的無知嗎？

尤其天鵝絨的方向盤套是怎麼一回事？簡直就是最缺乏同理心的表現。對車子和製造車子的人們來說都是一種暴力行為。

我無法認同這樣的人。

◆著正式服裝的快感

眼前的觀眾們林立，觀眾前方在強烈燈光的照射下，兩具肉體激烈地對打中。

看到刊載於生活雜誌中的歐洲沉量級拳擊冠軍頭銜角逐賽的照片，我不禁用力拍了一下大腿叫聲「好」。

根據當天的規定，每個觀眾都得穿著晚禮服進場。

像這樣可以強制個人遵守格式的社會豈非可喜的存在？跟日本完全相反。在日本反而是個人會對社會要求格式。想當然耳是不具任何效果的。

著正式服裝是件愉快的事。感覺有種委身於社會規定束縛自己的快感和緊實的安心感。應該不會有男人穿上正式晚禮服後不心生威風凜凜的快感吧？

有些人擁護可以穿七分褲搭火車的權利。我只能認為他們應該不懂得穿上正式服裝時那種精神上的爽快感。

我也不是一開始就喜歡穿著正式服裝。不過是被迫穿上後才食髓知味的。所謂的正式服裝就是這麼一回事。穿過之後必定食髓知味。果然傳統的東西、正式的東西能激起所有人的共鳴。

社會強制個人穿著正式服裝的意義正是在此。也就是說只要大家都食髓知味就好了。

比方說，規定夜晚進餐廳、劇場、俱樂部得穿著正式服裝，究竟有何意義呢？

大概關於服裝的看法可以正式服裝為軸開始呈現出一個結論吧。儘管正式服裝被視為服裝的中心已是再自然不過的事實了，但在日本卻是劃時代的概念。

一如從日本存在著擁有晚禮服者組成的晚禮服會等惹人厭的組織來看，大多數人的晚禮服都是租借而來的。所有雜誌「給買新西裝者的建議」的報導都認定黑色西裝是任何場合都能穿著的安全選擇。可見得日本社會的接受態度如此消極。

◆銀座風俗小史

以前曾經流行過藍色牛仔褲搭配咖啡色的羊毛套頭衫。在銀座，只要是對流行有點敏感度的男生都會爭相穿著。

隔年年輕人稍微成長了，改為愛用運動西裝上衣搭配紅襯衫。身穿紅襯衫抽著木濾嘴女神雪茄（Hav-a-Tampa）的男人看起來就像是解謎大師。

過去防塵大衣正當道，後來進入軍用風衣的全盛期，年輕人也趕緊找一件穿上身再說，襪子還非白色棉襪不行。

褲管之窄到了隔年夏天到達極致，鞋頭也逐漸變尖。另一方面各種麂皮的靴子開始引人注目。

不久冬天到了，年輕人們彷彿說好似的都穿上了粗呢外套。因為比起風衣，沒有比粗呢外套更厚實的衣物了。

白色襪子逐漸改為黑色、灰色。墨鏡則是以咖啡色為主。喬治・卻克里斯（George Chakiris）[9]訪日時戴上蜻蜓造型的綠色墨鏡還引來年輕愛好者的側目。隨著開車的人口普及，褲管也日趨喇叭化。

皮外套開始顯露流行的徵兆時，常春藤校園風已然抬頭。創造出橫條紋襯衫、白長褲、赤腳直接套上鞋子的穿著形態。喇叭褲管越來越寬大，裙子下襬則越來越短。

不知是時代進步了抑或單純只是順其自然的演變過程。年輕人的興趣就像這樣層次不高，一如失根的雜草飄忽不定。一看到「賣弄風騷」的裝扮就毫無選擇標準地一一弄到手。

刺激性不夠強烈的東西就不想穿上身，大家簡直就是得了同一種病症似的。

那不是很困擾的現象嗎？

因此我推薦「正式服裝」。建議「訂做西裝的人」到了第三套或第四套時訂製一套晚禮服。千萬別說晚禮服一生之中穿不了幾次。而是要無所顧忌地盡量多穿。晚上出去玩，進入稍微正式的場合時就大方穿上它吧。這是我推薦給時尚感病態的年輕人們的良方。以正統為主，豈非極其當然的事嗎？

千萬別讓紅襯衫、喇叭褲占據了服裝的中心。「愛美」一詞聽起來有點酸腐味，但注重儀容本來就很重要不是嗎？你們一味追求「賣弄風騷」也只是東施效顰，因為天外有天人上有人。

凱瑟克（Keswick）家族是掌管英格蘭銀行的超級富豪，他們家所舉辦的中國晚宴名流雲集，以專機送來當天在香港烹調的美食宴客而聞名。

聽說他最近迷上了熱氣球，自家專用的熱氣球就放在荷蘭。只要覺得俗事煩心時，就自

---

❾ 喬治．卻克里斯，一九三四年生，美國歌手、演員。曾以《西城故事》榮獲最佳男配角獎。

己一個人乘坐熱氣球遠離地表。以大氣為中心任憑心思馳騁逍遙。

所以我不是要說出什麼長篇大論的教訓，而是覺得如果我們也想要主張自己的存在，與其憑藉紅襯衫等手段，是否透過正式服裝創造出獨自的新招會更有意義呢？

◆左駕

今年一月五日友人出車禍致死。午夜行經橫濱新道時為了超越前車而開往路中央迎頭撞上來車。

在橫濱新道那麼寬闊的馬路上發生正面衝突的撞車事件簡直是莫名其妙，但恐怕原因出在他的車是左駕。

眾所周知左駕的車很難超車。因為右前方的視野幾乎是零。若是右駕的話，只要往右靠個二、三十公分就能看見前方。但換成左駕就算往右突出一個車身也看不到前方。

因此開左駕車的人往往對於超車都很慎重。或許我的朋友一心只想超越前車吧。可能超車前也曾往右探看有無來車，結果事發突然無法閃避吧。總之就是情況判斷錯誤。

最近倫敦近郊增設許多公路標誌，入口處明白寫著「左駕車禁止通行」。這應該就是所謂的立法精神吧？具體而言就是基於現實的精神。

大家都很清楚只要有心就能減少交通事故的發生。也就是說，百分之幾十的交通事故好發於二十三歲以下。既然如此，比方說禁止發放二十五歲以下的駕照不就結了嗎！至少改發放暫時駕照之類的，就當作是實驗對他們嚴格控管。

就只要這麼做便能讓將來有幾十萬甚至幾百萬的人免於橫死，儘管大家都心知肚明卻還是不敢提出對策。卻還是得死掉那麼多人不可。你我或許就包含其中。

◆路口方形黃線區

假設眼前有兩條車水馬龍的道路交會。

就算燈號變綠了，因為前方的車大排長龍，行經十字路口的車陣緩慢移動。不久後紅燈亮起，汽車長龍仍停留在十字路口。

DO NOT ENTER THE BOX UNLESS YOUR EXIT IS CLEAR.

這時不耐煩等綠燈亮的傢伙們紛紛開始往左往右竄出。號誌燈又變換了，這回橫向往來的車子們還沒來得及開出十字路口又被縱向往來的車子給纏上了。

如此情形重複幾次後，十字路口的車子就像馬賽克般交錯在一起動彈不得。

最近我看到倫敦為了因應此一狀況祭出奇妙的對策。

也就是在交通繁忙的十字路口畫上一整片的黃色線條，取名為路口方形黃線區（box junction）。行經此一路口的車子，必須等到另一方進入區塊的車子整個通過後自己才能駛入。也就是穿越路口的車陣尾端還有一點停留在區塊裡面時，就算是綠燈也不得駛進區塊裡面。

此一路口還會設立寫著「方形黃線區」的看板。說得明白點就是要測試駕駛們的公德心。

將整個路口畫上黃色線條，又豎立紅底白字的巨大看板，雖然不怎麼好看，但反正倫敦本來就不是很乾淨的城市，也沒聽到市民有任何抱怨聲。

話又說回來，縱橫道路上車水馬龍，只有交會處的方形黃線區裡一片空地，甚至會飛來一隻鴿子佇立其中悠悠地左顧右盼，呈現一幅十足倫敦交通麻痺的光景！

◆穿高跟鞋的男士們

一名英國紳士走進了廁所，居然看到有個少女站著小解。類似的故事最近時有聽聞。也就是說，對方並非少女，而是所謂的披頭四裝扮——頭髮留得老長、穿短背心、緊到不能再緊的窄管褲和名為古巴跟（Cuban heel）或長統靴的男用高跟鞋。這股奇裝異服的風俗「正像傳染病般蔓延開來」。

話雖如此，此一流行對象（也就是這種流行的對象皆如此）是中產階級和藍領階級。亦即中下層階級的子弟。換言之，搭乘地鐵時經常能看到如此裝扮的人們。

不過要先聲明的是我無意指勞動階級就是下等。英國本來就上中下的階級分明，勞動階級隸屬最下層。舉凡遣詞用字、行為舉止和外觀長相都大不相同。

附帶一提的是，所謂的中產階級多半是擁有一點資產、在不錯的店裡當店員。但他們的工作是為了社會體面而做，比方說位在龐德街或皮卡地里圓環等一流名店的店員薪資，很多

人還不及收垃圾的勞動階級領得多。

還是題外話，我過去一向過得貧困，所以很討厭貧困。對貧困本身倒也不以為意，而是跟貧困相關的事物，也就是受不了那種的「窮酸氣」。

比方說像地鐵那種拙劣的東西，一輩子都不想再搭乘了。國營鐵道也敬謝不敏。就連計程車也討厭得很。還有摺傘、日式馬桶蓋、叫別人接電話、從去熱海旅行住一晚的阿姨手中收到小田原魚板的土產、塑膠製的麻將牌等所有的一切，我都厭惡到了極點。然後現在的披頭四裝扮，畢竟是低層階級的流行。他們穿的古巴跟短靴是跟也賣化纖製品的店家買的，就跟化纖製的雪靴同樣可悲。

說來愚蠢，日本之前也出現過「東京披頭四」的團體，如今披頭四裝扮開始有抬頭的徵兆。看來這世界上總少不了愛興風作浪的傢伙們。

就算是窮困也討厭一身的窮酸氣。至少要保持堂堂正正的態度。我想不需要步披頭四的後塵，從物質面和精神面去證明自己是低層階級吧。

最後不需我強調，本文並非要談披頭四這個團體。但如果真的要說的話，我基本上算是他們的歌迷。

◆登喜路上的刻字

有一回曾開車載一個名叫芭芭拉的女孩從馬德里到托雷多兜風。她擁有一只金色的登喜路瓦斯打火機，每當我啣起香菸時她就會幫我點火，但我覺得很不好。

至於不好在哪裡呢？問題出在她用紅色皮套裝那只金色打火機，而且蓋子上居然還刻了自己的名字。我實在很想勸她一句「別那麼窮酸樣了」。

這麼說或許有些奇妙，我其實很尊敬登喜路的瓦斯打火機。不管是機能面還是造型面，都是古今稀有的成功之作。儘管簡潔卻充滿威嚴，又不失豪華，堪稱是「打火機之王」。打開蓋子露出裡面的點火結構、蓋子和主體連結的活栓設計等都可說是直接將「人類智慧」加以視覺化，實在是機關巧妙令人驚喜。總之跟我是心靈相通。

所以那種在如此增一分太多減一分嫌少的完美作品上刻字的粗魯作風，我豈能忍受？而且外面還加上紅色皮套是怎麼一回事？所謂的愛物惜物可不是如此詮釋的。

那麼有沒有可以和這種精神一刀兩斷的惡言惡語呢？答案是當然有。

這個時候可以一吐為快罵說：

「你這個小資產階級！」

小資產階級就是中流階層人家。有一點錢但品味低俗。關於不懂得真正的奢侈或許還不如我們這些平常生活窮困的人。因為不想有所犧牲就享受奢侈，以至於處理奢侈的態度擺脫不了中產階級的小家子氣。所以才會在登喜路上面刻字。

◆中產階級的憂鬱

最近去東京近郊衛星城鎮的公共澡堂時，發現停了一整排的私家轎車。開車上澡堂，感覺上還真是貴氣。但仔細想想又有點奇怪，家裡買得起車卻沒有浴室，似乎有點本末倒置吧。甚至詭異得讓人不寒而慄了起來。

這裡就該低喃一句：

「這就是中產階級呀！」

而且還就是這種車子的椅墊和車門內側還留有新車當時的透明塑膠膜，遲遲不肯拆除。

要說是愛物惜物嗎？

口袋裡塞著用來擦皮鞋的天鵝絨碎布、隨身攜帶摺疊鞋刷。等到一下班就動作熟練地開始擦皮鞋。

養狗就要養狐狸狗。

所謂的錢包呢，要用對摺式的皮夾，中間要有紙鈔夾。只夾了兩、三張的千圓鈔票未免太寒酸了！兩到三千圓明明直接塞進口袋裡就好，偏偏還要一一壓平仔細放進皮夾裡反而顯得可悲。

照理說沒有買車，又或者應該是開國產車的人，卻不知為什麼別著賓士商標的領帶夾（這就是中產階級呀！）。問題是開賓士車的傢伙如果也別著賓士商標的領帶夾就更中產階級了。

只去滑過一次雪的人。

「那裡不是有C級路線嗎？我去的那天是頭一次滑雪。當場就直接下去滑，可是我完全

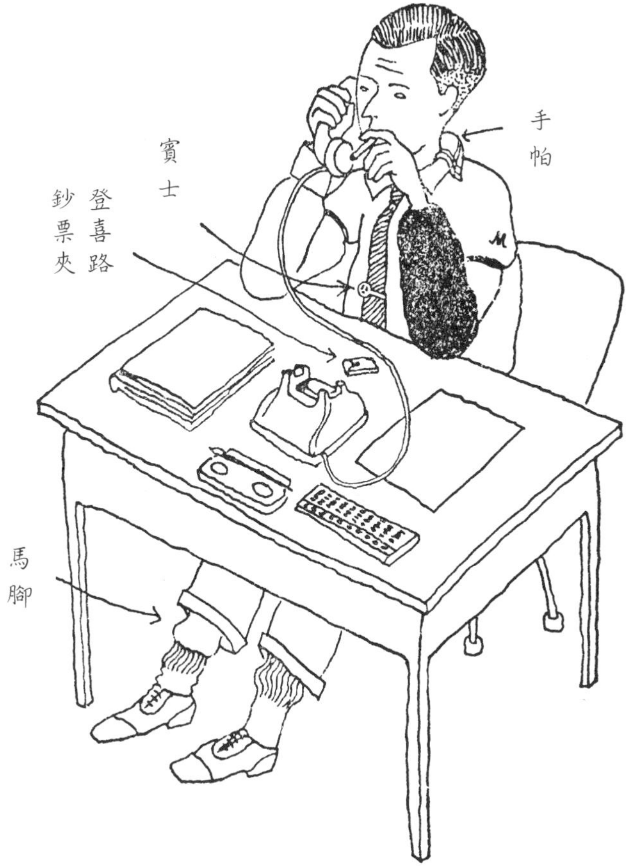
手帕
賓士
登喜路
鈔票夾
馬腳

停不下來，也不會轉彎。一路就聽到我大吼大叫，整個人跌進雪堆裡。結果大家竟然說沒看過心臟比我強的人，還稱讚我有滑雪的素質。」

拜託，任何人都會對第一次穿上雪橇的人安慰說「有素質」的。

有些人打麻將拿到一手好牌，一旦被其他家先給和牌時，非得攤開手上的牌解說一番才肯罷休。

「你們瞧瞧嘛！我這是一向聽，清一色對對和、三暗刻和三翻台的刻子，可惜讓莊家加倍滿貫給跑了。不對，應該莊家加倍滿貫吧。這是清一色、對對和、加上三暗刻三翻台的刻子，果然還是加倍滿貫。哇，硬是讓莊家的加倍滿貫給跑了。三萬六千分呀，一千八百圓呀！」

到底男人的傲氣放哪兒了？身為男人不就該忍下這口氣當作沒這回事嗎？所謂的忍字不正是男人帥氣的表現嗎？哭喊著「一千八百圓呀」是想怎麼樣呢？哪裡能做到喜怒不形於色的撲克臉呢？

說到撲克牌，有的人明明手上沒牌卻能在贏了吹牛時若無其事地（應該是刻意裝出來的）攤牌說「看吧，什麼都沒有」。尤其是女生最擅長此道。

請試著想像我帶著兩個這樣的女生上四川飯店。決定要去四川飯店時，我的腦海中就已定出大致的菜單。首先是皮蛋、海蜇皮和白斬雞的前菜，接著是鍋巴蝦仁、青椒牛柳和核桃雞片，最後來碗雞肉辣麵。

結果發生什麼事了呢？敵人肯定是讀過女性週刊雜誌「約會講座」之類的專欄。「點什麼菜我都可以——這種曖昧的態度會給對方留下缺乏主體性的印象，只會扣分。在餐廳就根據自己的喜好點菜。」

就這樣才剛上桌，女生們便態度明確地宣布：「我要芙蓉蛋、炸春捲和糖醋排骨。」

我就像消了氣的氣球似的點了芙蓉蛋和糖醋排骨後，悄然走出了餐廳。

◆女人眼中的世界構造

我喜歡女性的訪客。沒有比和她們輕鬆閒聊科學類話題更有趣的經驗了。

就在日前有兩位女客來找我。在我無暇招呼時，兩人聊得正起勁。因為話題從昨天的地震轉到了地震儀，讓我不禁插嘴加入閒聊。

「妳們也知道地震儀嗎？」
「我們當然知道。不就像唱針一樣會動嗎？」
「唱針？那動了以後會怎樣呢？」
「就能畫出地震的動態，在紙上。」
「所以說那個類似唱針的東西會像地面一樣震動。」
「沒錯。」
「是喔。那只有紙張不管地面如何震動都保持靜止不動嘍。」
「沒錯。」
「為什麼？」
「嗄？」
「我是說為什麼只有紙張不會跟著震動呢？」
「對呀，就是說嘛。該不會是吊在半空中的緣故吧？」一人回答。
這就是女性訪客有趣的地方。怎麼就沒想到吊在半空中的東西也會跟著搖晃呢？還是說她們以為使用了氣球什麼的。

關於人造衛星的對話也很令人難忘。

「妳們知道人造衛星為什麼會動嗎？」

「不就是靠火箭嗎？」

「那只有在發射的時候。繞著地球飛行時就沒有使用任何動力了。」

「啊，我知道了。應該有軌道吧。只要上了軌道就能自由行動吧？」

「那所謂的軌道究竟是什麼？」

「不就是跟鐵軌類似的東西嗎？」

「我說妳真是的。所謂的軌道才不是那樣子。空氣不是都一直環繞在地球表面流動嗎？所以是氣流呀氣流。」

這時兩人似乎留意到我的表情。

「哎呀！我們說了丟臉的回答。你的心眼真壞，快告訴我們答案吧，為什麼會動？人造衛星。該不會是因為那個的關係？就是那個呀，鐘擺原理。」

我打算在不久的將來寫一本附有插圖的書，叫做「女人眼中的世界構造」。

◆偏見

這種人可能比我預期的要多吧，因為我自己就是其中之一。

也就是實際來到巴黎後才發現自己非常討厭巴黎。

馬栗樹並立的街道、香榭里舍大道、蝸牛、咖啡、Bonjour monsieur（早安，先生），還有巴士抵達傷兵院——從克里希（Clichy）搭地鐵——在蒙馬特山丘上——這麵包的好滋味！就是那知名的棍棒狀麵包、名叫可頌的新月狀麵包——在盧森堡公園、塞納河畔的長椅上，今天一對對情侶們仍隨心所欲地閒坐其上——布洛涅森林、楓丹白鷺、香頌歌手琵雅芙（Édith Piaf）、首席芭蕾舞星、協和廣場、聖傑曼德佩區、mademoiselle（小姐）、貝雷帽、Garçon（少年）、N'est- ce Pas（沒錯吧）？

是不是開始覺得有些不舒服想吐了？實在太甜美、太缺乏男性氣概了。

總之提到巴黎的話題就很難說下去。

前些日子我在位於布洛涅森林裡的Grande Cascade餐廳陽台上和某婦人共飲餐前酒。如牆壁般環繞在餐廳四周的馬栗樹，眼下正是花開時節。粉紅和白色的花朵開得燦爛，幾乎都快遮住所有葉片。我們所在的小陽台湮沒在馬栗樹漫天蓋下的帷幕中，感覺與外在世

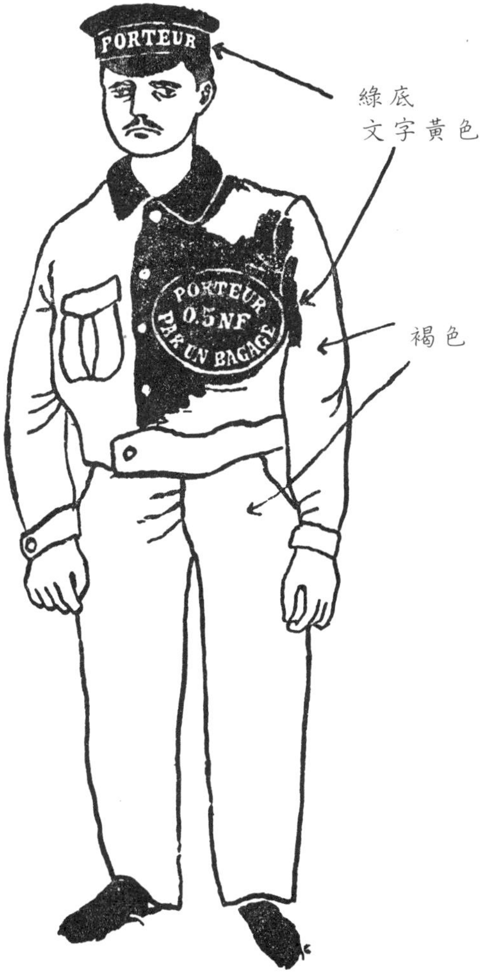

界完全隔離。

天空就像秋日的運動會一樣，又藍又高又清澄。我們一邊輕啃著青橄欖，一邊慢慢啜飲冒著氣泡的金巴利（Campari）蘇打。

「馬栗樹總是長得特別高大，枝繁葉茂的挺厚重……」

「是呀，樹底下顯得有些陰暗。」

「花開得跟瀑布一樣，現在應該是花季吧？」

「今年有點晚，而且粉紅色的花朵開得不是很熱鬧。你看，開粉紅色花的樹和開白色花的樹是錯開來種的吧。換作是往年就會一粉紅一白的錯落有致很明顯，很漂亮的……」

怎麼樣？

是不是很討厭？牙床都要酸出水了吧？

可是這是一段很自然的對話。我也沒有刻意戴上貝雷帽。也沒有人做錯了什麼。問題出在不行用日文聊巴黎的話題，感覺會很不舒服。

誠如所見，我是個非常有偏見的人。

那現在如何了呢？雖然偏見已經改善不少，但我還是沒有很喜歡巴黎。只覺得那是一個很美麗的城市。

的確巴黎很美麗。

所謂的城市總是會恣意隨興地逐漸變髒，巴黎卻能始終保持美麗身影的事實，著實叫人無法置信。

如果在銀座重現香榭里舍大道的一隅，只怕乍看之下會跟貧民窟沒兩樣吧。

◆何以巴黎如此美麗

想得到的原因有很多。首先抽除掉法國人的感覺後，我想主要原因在於大部分的建築物都是石砌的，而且高度大致統一。

任何一棟建築物都擁有寬大平整的一面。也就是說，因為建築物的周圍是屋頂和牆壁，扣掉窗戶和門就只剩下單純的平面了。

如何在外觀上讓此一平面獲得明快的處理、建立明快的質感將是建造此一房屋的重要課題吧。

比方說鐵皮屋頂就是失敗的最佳案例，茅草屋頂則是非常成功的做法。

另外大片的灰泥或水泥牆，多半會變成死的空間。若是磚牆就比較能得救。

石砌建築物的優勢在於以上問題某些程度早已事先解決了。

石砌建築物看起來很美的原因之一是窗戶的形狀。

為了承受得住石頭的重量，窗戶必須做成垂直而狹長的形狀。如此一來窗戶無論如何就得變小。要想採光好只能增加窗戶的數量。由於大量的窗戶不好一一裝上遮雨棚，乾脆採用對開的形式。結果一整排對開的長型窗戶並列，也就產生了一種視覺上的律動。

而且建築物的高度又幾乎一致。因為高度一致，所有建築物合而為一，給人彷彿道路有多長，建築物就有多巨大的感覺。

換句話說，這裡起了一種單純化的作用，成為讓巴黎變得美麗的線索之一。

美則美矣就是沒有自家的庭院。反正整個城市就像庭院一樣，倒也說得過去。

孰好孰壞就看你怎麼判斷了。

◆單純的疑問

我有許多單純的疑問。

究竟東京是從什麼時候開始變醜的呢？東京還是江戶時是怎樣的風貌？江戶的街景美嗎？我想大概是吧。畢竟全部都是日本建築。只要建築的樣式統一，街道就不可能不美。

那麼到底斷層是從何時開始的呢？東京是從何時開始變得難看的呢？會是建造新家時開始在玄關旁邊設置西式房間的時期嗎？還是開始立起電線杆的時期呢？還是開始用油漆書寫看板的時期呢？抑或是屋頂改用鐵皮之後呢？因為地震或空襲而燒成平地的街頭，前後時期的美感該如何傳承接續呢？在巴黎和羅馬，如果要興建新的建築物，想必受到城市美感的抵抗力一定很大吧。就是因為太大才不敢膽大妄為吧。日本的美感就少了那股抵抗力。

蓊鬱茂林的山腳下，聚集了幾間茅草屋頂的農家。要是突然蓋了一幢米白色灰泥牆的兩層樓房，還莫名其妙鋪上綠色的鐵皮屋頂說是村公所，結果村民們居然接受，你想這是怎麼回事？

本來日本人應該是非美不可的人種，但果真是如此嗎？為何反而只見醜的要素日益發展呢？

為什麼在日本只要是有人聚集的地方就肯定會變醜呢？只要人群一聚集就會破壞大自然的美麗，究竟是怎麼一回事呢？

比方說海邊很美，但為什麼海水浴場總是難掩骯髒呢？麗都島（Lido di Venezia）就做得不錯。麗都島是位在威尼斯對面的細長形小島，這裡的海邊就處理得很好。只有一些比狗屋大不了多少的更衣室或者說是小木屋的建築物，屋頂漆成灰白色，牆壁全部都是藍白色條紋。不知道義大利人為什麼那麼喜歡藍白色條紋。看到好幾百間成一直線排列，大概會讓日本人想到鎌倉海邊的竹葦屋，並暗自在內心大罵：可惡！他們怎麼這麼厲害。

又比方說巴黎機場，在一片灰色、藍色和輕金屬色的寬敞大廳中，服務櫃檯小姐穿的橘色制服特別顯眼。讓人不禁擊掌叫好，直覺這就是巴黎。為何巴黎會如此美麗呢？一個有著綠色、黑色、褐色、灰色和少許的橘色、鈷藍色和黃色的城市。人們也都穿上灰色、黑色、各種褐色的皮衣走在街頭。他們是為了配合這個城市的色調。人們把城市當成高級外套穿在身上。

為什麼巴黎能做得那麼好呢？為什麼東京會那麼糟糕呢？難道日本人是糟糕的民族嗎？

日本灰泥牆小住宅的二樓窗戶可說是一種醜陋的典型。絲毫不具任何的形式美。反正外觀本來就無所謂的不是嗎？既然是房子的外面，就代表它不過是房間的背面。所以是基於人住在裡面，所有不好看的東西都放在外面就對了的想法所致。

於是遮雨板的窗套突出於外。廁所的通風口、浴室的煙囪、雨水槽、煤氣表、牛奶配送箱、信箱、在屋頂上架設曬衣台、豎立電視天線、置放狗屋、集電線的鉛管、煤氣管爬在外牆上。就連政府也來湊一腳，架設電線杆、拉起電線、豎立交通標誌、在大門口貼上NHK的收視貼紙，寫有電話號碼、告示內有惡犬的金屬板，印有「遇強迫推銷、詐騙、勒索請打一一〇」標語的貼紙、打擊犯罪聯絡所的木牌，為標示訂閱的報紙用粉筆寫上朝、讀、每等文字並圈起來、稍微旁邊的地方釘有藍底白字的琺瑯門牌，除了地址外還附上提供廠商的廣告寫著「一日百圓民謠溫泉、板橋站前」。

要是這戶人家準備開麵店的話又將如何呢？首先得掛出招牌吧。分別是跟屋簷平行的、跟牆壁垂直的，還有二樓窗口和屋頂之間的三角形空間都要用同色油漆寫上同樣內容。並在入口掛上店招門簾。還要製作屋頂造型的小型看板，上面寫著中華、蓋飯一應俱全，外送迅速，還要寫上菜單放在路口。牆上貼幾張電影海報，將腳踏車和摩托車停在店門口，紅色公用電話和告示此處有公用電話的橢圓形看板。如果是位在商店街，就會有紅紅綠綠等五光十色的霓虹燈招牌到處可見。還有配合柳樹祭、櫻花祭等特賣活動時高掛的燈籠，還得裝飾櫻花假花。

這就是我們的街景。

刻意試著用貧民窟風加以統合。

骯髒度十足！

◆我的收藏

只因一個演員拿起相機拍照的理由，艾娃・嘉納（Ava Gardner）突然就不高興地離開片場，並宣布取消今天所有的行程。

原來是拍照恐慌症發作，因為過去摔過馬，疑心有人想偷拍她受過傷的臉。其實根本沒什麼事。

攝影機和燈光都架設好了、所有工作人員也都準備完畢。包含卻爾登・希斯頓的十幾位合演者、幾十名臨時演員也都化好妝、著好裝等著上戲。

要我說這件事哪裡討厭，沒有比因為自己的情緒不好打亂整個工作團隊更惹人厭的人了。

因為工作沒了，便決定接受之前受邀的專訪，心想萬一被問到「你討厭的東西是什麼」，就要當場那麼回答。結果對方沒有提出這個問題。

不過左思右想自己到底討厭哪些東西卻是件很愉快的事。忘了是誰說過的話：所謂的美感乃是嫌惡的累積。

有關討厭事物的紀錄。

刊登在電影雜誌上被稱為明星肖像畫的讀者投稿。

幾乎十之八九總是少畫一隻眼睛或是不畫鼻子。不就是簡略的變形圖像嗎？而且還持續了一、二十年。換言之，證明了大家都是有樣學樣。

書籍、報導的標題為「日本歌舞記（伎）」「美食三十六記（計）」。獎項名稱取為「某某華獎（划槳）」、組織集會叫做「時人牙會（拾人牙慧）」之類的諧音。光是寫出來就已經讓我感到噁心想吐。

就像在汽車緩衝器上寫上NO KISS、I HATE YOUR KISS、DON'T KISS ME之類俏皮話的那種感覺。或許這就是日本人幽默指數的最大公約數吧。

參觀電影明星豪宅的圖文報導中，肯定會有拍到洋娃娃收藏品的照片，又是怎麼一回事呢？我倒不是對洋娃娃抱有特殊偏見，只是覺得電影明星收集洋娃娃就跟穿別人的丁字褲上場相撲一樣，彷彿是在對外宣告：我其實是很孩子氣的人。

而且收集洋娃娃的人彈奏的樂器也必定會是烏克麗麗吧。我不是說烏克麗麗有什麼不好，而是那種用收集洋娃娃的取巧心理選擇最容易彈奏的樂器撥弄，整個瀰漫著一股可悲的氛圍。

點了咖哩飯後，有的人在食用前會先將湯匙蘸一下水杯裡的水。那是因為某種衛生上的理由而做的嗎？問題是那杯水最後還是喝下肚了，反而更讓我丈二金剛摸不著頭。

想來他應該不是故意要顯示讓眾人知道：我現在正在吃不乾淨的東西！

有的人喜歡邊喝威士忌邊用餐。好像也有人喜歡一邊喝咖啡一邊吃晚餐。讓人不禁懷疑這些人是否沒有味蕾！請各位想像一下，一杯加了冰塊的威士忌搭配河豚生魚片，絕對不行吧！

邊喝咖啡邊用餐是從西部電影流行以來一向就有失風雅的美式野蠻作風。或許光從這一點不難窺見美國人在歐洲是多麼受到輕蔑。

結果你們猜怎麼樣？日本的飯店竟然起而效尤，還沒開始用餐就先端出了咖啡壺。

有的店家只賣小瓶裝的啤酒。

有的店家將日本酒用傳統酒壺和光滑剔透的威士忌酒杯送至客人面前。

關於羽田機場服務人員的制服。這麼說對那些工作人員很失禮，但我認為是國家的恥辱。而且貝雷帽的戴法大錯特錯。所謂的貝雷帽是要深深戴在頭上，而非輕輕靠著就好。

有樂町零番地的SOGO百貨牆面高聳，大字寫著yumiUri Hall（讀賣展演廳）。可是大家知道上面羅馬字Y的粗細相反，而且u字不知為何竟然變成了大寫的U，粗細也反了過來。還有y是小寫，H是大寫，到底是有多粗心大意呢？

所謂的羅馬字就是要從左上到右下，線條斜向地逐漸變粗。由於U字是V字的變形，左側的直線較粗。既然吃的是設計這行飯，深深期盼至少要有這點常識。

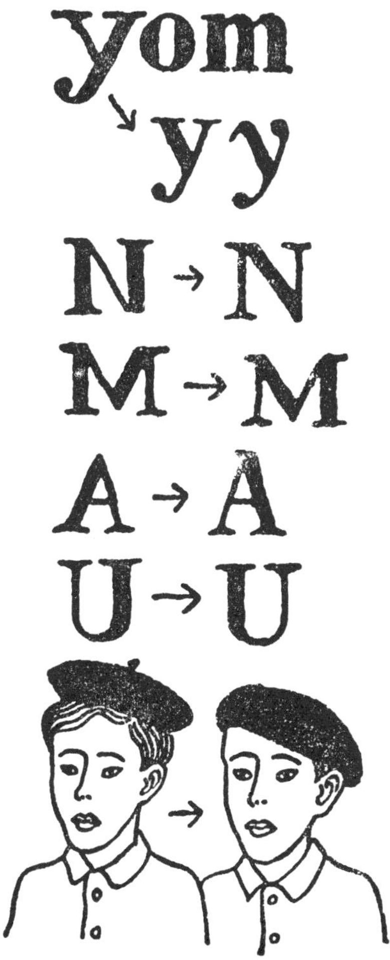

會把樣字寫成羨字的人。挖鼻屎的女生。鞋店裡只能照到腳踝高度的鏡子。在我眼中沒有全身鏡的鞋店算不得是鞋店。

「好的方面的敵對意識」的用詞。「好的方面的個人主義」的用詞。

有些人很喜歡使用千篇一律的慣用語。到酒吧時，故意用行家話「村山Highball」、

「鐵管啤酒」。點水喝時，調酒師也會依樣畫葫蘆送上「沒利潤的水」。

滑雪跌倒整張臉埋進雪裡叫做「顏面受制」。

還有「光榮地來來去去」。比方說看到有人在打掃，隨口問聲「下雨了」或是「哎呀，原來是下過雨了」，對方肯定會回這句話。

走路暱稱「雙腳計程車」。聽到秀才、名人一詞出現就反問「可是秀應該是生鏽的鏽吧」、「名應該是明日黃花的明吧」。

搭霸王車叫「薩摩守」⑩。

就算開玩笑說什麼「啊哈的第三年忌日」「原來如此秋茄易斷」還無傷大雅，至於「不好意思的入谷鬼子母神」就讓人覺得丟臉了⑪。戲稱好色之徒為「鬱金香」甚至更直接稱呼為「鼻下長」⑫。動不動就咒罵人「要去松澤醫院」⑬。

故意在腳踏車、嬰兒車加上「私家用」一詞。

會取笑外斜視是「倫巴」⑭。把褲子拉鍊叫做「社會之窗」、木屐是「日本釘鞋」、去洗澡是「紐約」⑮、當鋪是「一六銀行」⑯、星期天是「睡覺日」的也都是這種人。

以上這些都是由來已久的慣用句，他們卻自以為幽默地朗朗上口。

兩個這樣的同好碰在一起時——

「那傢伙還真是聽不懂說笑的人呀。」

「就是說嘛。簡直是話不投機半句多。」

兩人才剛要開始聊，只聽見對方發出一聲「嗯」就接不下去了。這廝立刻酸上一句「原來是日光燈呀」⓱。

這種對於語言的粗枝大葉的態度究竟是怎麼一回事呢？

有人要買到東橫線學藝大學的車票時，理所當然地對著窗口大喊「學藝一張」。什麼叫學藝一張！例如有「銀晃」一詞的說法，肯定是從前對語言粗枝大葉的人創造出來的。我覺得還是應該完整說成是「銀座閒晃」才對。

⓾ 因為知名的薩摩國首長是平忠度（tadanori），名字發音和搭霸王車一樣。

⓫ 以上三句只是要表達「啊哈」「原來如此」「不好意思」，後面都是無意義的贅字。

⓬ 好色之徒的日文是鼻子下面的人中長，鼻子的日文發音同花，鬱金香的根莖細長所以是花下長＝鼻下長。

⓭ 松澤醫院是日本知名的精神科醫院。

⓮ 意思是一隻眼睛看著倫敦、一隻眼睛看著巴黎。

⓯ 紐約的發音跟日文的入浴很像。

⓰ 當鋪的日文是質屋，質的發音和數字七一樣，一加六等於七，故有此俗稱。

⓱ 因為日光燈開了之後要過一陣子才會亮，意指反應遲鈍的人。

◆巴黎的美國人

關於美國人，我喜歡一則笑話。但如果一開始沒先聲明是笑話，只怕每個人都會當真吧。因為刻畫得很生動。

笑話是說，到巴黎羅浮宮參觀的美國人站在蒙娜麗莎畫像前驚呼：

But, it's so small!

固然議員參觀羅馬遺跡時感嘆「看來羅馬還沒有從戰禍中復興起來」的故事很有名，但我想百分之九十現身在巴黎、羅馬的美國觀光客也差不了多少。如今比較有名的是參觀龐貝廢墟時大喊「這真是遭到徹底的炮彈攻擊」的美國人。

請試著想像一下昨晚我去觀賞馬歇・馬叟（Marcel Marceau）的默劇演出。我的正後方坐著一對美國中年男女。

在法國，戲劇開演時會用手杖敲打舞台的聲音作為通知，就像日本的拍板一樣。當發出咚咚聲響時，因為聽到後面的男士開口說「怎麼還在敲釘子」，不禁皺起眉頭豎耳傾聽，果然又是典型的美國人。

不是常常會在電影院遇到不停說劇情的人嗎？就是那種情形。兩人不斷發表意見想弄清楚表演者的意圖。

「啊，你看！他關上窗戶了。接著在拉瓦斯管、鬆脫開關。看來是打算吸瓦斯自殺。哇！好臭好臭。哈哈哈，居然丟下瓦斯管跑了。哈哈哈、哈哈哈，結果又打開窗戶，哈哈哈，竟然在深呼吸啦。」

拜託，默劇本來就是一看就能懂的。

他們完全沒有凡是日本人，腦海中最先浮現的「說出這種話會被人笑吧」「這應該是很幼稚的問題吧」的考量。或者說意識上一點疑慮也沒有。

他們勇往直前、無堅不摧。他們是肉食野獸。

我要承認自己對美國人抱有種族偏見，尤其討厭所謂的美式英語。究竟那算什麼呢？直接把英文衝到鼻腔再用喉嚨壓碎，到底是誰最先用如此扭曲的方式說英文呢？只能說是大家一起競相努力的成果吧。

美語在我看來根本是鄉巴佬的語言。拜託大家不要視敝屣為珍寶，也不要仿效。你們大可對他們說「以美國人來說，你的發音算是不錯」。

滿街可見「美語會話」「美語教學」的廣告、「眾多美國人老師任教、一對一教學」的文宣。我曾經進去窺探過一次。一個四流的美國人立刻出來緊迫盯人自我介紹說「My name is Richard Earnest.」，居然發音是「歐涅斯特」，不是自己的名字嗎？難道不能正確發出「阿涅斯特」的音嗎？各位，要跟這種傢伙學英文簡直是倒了八輩子楣。

接著要說美國人的小孩。美國人的大人已經長得夠醜了，他們的小孩完全是大人的縮版，滿臉的雀斑、還戴上眼鏡。美國小孩實在長得很醜，很抱歉恕我直言。真受不了他們一點都不可愛，行為舉止也沒個孩子樣。

尤有甚者，不管大人還是小孩講話都很大聲。他們吃的牛排也大得離譜。而且還用咖啡嚥下簡直就像門神穿的草鞋、比盤子還要大的牛排。難怪精力旺盛跟蠻牛一樣。這樣的人到了羅浮宮覺得蒙娜麗莎看起來很小，我還能說些什麼才好。

曾以美國留學生身分進入某個美國家庭生活了兩年的鈴木花子小姐（二十一歲）寄給本雜誌以下的投書——經常可在家庭版看到這種報導。

盡是「嚴格的家教」「一塵不染的公園」「受到尊重的孩子的自主性」「不造成別人困擾的教育」「全家往來的男女交際」等制式內容。像這種凡事一概而論的報導著實讓人看得義憤填膺。

如果美國的小孩教育那麼完美，何以美國會到處充斥著失敗作的大人呢？暢談方法論之前先看看結果吧。美國人哪裡有比日本人優秀呢？的確在公園亂丟紙屑是我們的不對。這件事該道歉，但是要讓美國人來教日本人規矩未免太過愚蠢了吧！

尤其重要的是，日本人不能拋棄過去有的人情之美。體貼、顧慮、客氣、謙遜等其他國家都沒有的優美民族性。

美式教育的優勢頂多就是公德心吧。相較之下，日本的好處正逐漸消失當中。比方說敬語。找不到哪個國家的敬語能比日本發達了。千萬不要讓小孩子們放棄學說敬語，因為敬語文化很美。

又或者更貼近生活的例子，味覺。

如果說完全的味覺是十分，日本人的味覺是七分，歐美人的味覺只有三到四分吧。所以不要讓日本人的能力降低了。吃什麼即時食品，不要再殘害自己了。

既然有閒功夫看無聊的電視節目，好歹也該認真地熬煮高湯吧。全日本的母親們。

III

◆來自倫敦的電報

七十釐米電影《吉姆老爹》（Lord Jim）有個重要角色沃利斯。如願意自費，請來倫敦接受試鏡。收到這封電報是在十一月的某天。發出電報的是擔任該電影選角導演的女性友人。既然要求自費，想來已大致底定了吧。抱著輕鬆的心情我搭上飛機，沒想到事後問了才知她竟是孤注一擲下了豪賭。接下來的二十天，我可是抱著必死的決心，直到整個人都瘦了一圈才回到日本。

其實一開始搭飛機旁邊坐的人物就不太對勁。我覺得好像在某飯店大廳看過對方，是那種衣襟別著菊花徽章的大人物。

「喂，幫我叫車。」

「好的。請問該如何稱呼？」

「我是眾議院議員金山大三郎。」語氣難掩輕蔑。

（如果真有這號人物純屬偶然，失禮了。）

這股氣勢非比尋常。話說回來，要是有人問起我姓名，我才不會回答「我是電影演員伊丹十三」。這種人就該拜讀一下子母澤寬的《駿河遊俠傳》。只要讀到身為老大，覺得在自己的勢力範圍裡坐轎子愧對其他弟兄而決定徒步旅行，就會明白真正的威信是怎麼一回事。我可不是在開玩笑。同樣是高階人士，層次卻差遠了。

他肯定是會在巴黎的餐廳裡鬆開腰帶、拉下拉鍊，直接從綁在腰間的錢兜掏出黑錢的那種人。據說那種人分三個等級。一種是先問「廁所在哪裡」的人。其二是正準備要鬆開腰帶的瞬間聽到隨行的人說「廁所在那裡」，便乖乖走進廁所的人。第三種是先喊「我才不去廁所什麼的」，直接在眾人環視下取出腰間錢兜的人。這種人根本軟硬不吃。儘管外面穿著英國製的西裝，裡面卻連猴子都不如。我這麼說怕還侮辱了猴子。然而當他老兄回到日本時，來機場接機的人還這麼說：

「各位，請注意看金山大三郎議員的雙手。這可是致力於促進日美親善的雙手呀。」這時他老兄好像想起了什麼似的補充「我的手可是跟艾森豪握過手的」。真是有夠無恥、有夠言不及義。

我對身為日本人感到心虛，就是跟這種人同席的時候。究竟「政治家首先得是優秀的歷史學家才行」何時才能於現實世界中實現呢？

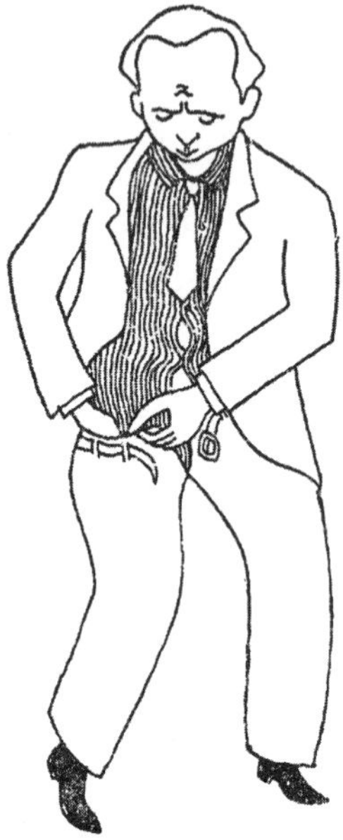

這種事請在廁所裡完成

氣急敗壞走出廁所，醜態暴露在眾目睽睽之下。如此搶快幾秒你又能做啥呢？

作為紳士最不該失去的就是一顆從容不迫的心。

◆快要窒息的十分鐘

巴黎起了濃霧。

我們在哥本哈根等了三小時，又在巴黎上空盤旋了三小時，結果還是無法降落，只好往南飛迫降在尼斯機場。上次造訪尼斯機場已是三年前。人們還是喝著葡萄酒、啃硬邦邦的麵包、吃起司、穿上質地輕軟的衣服和鞋子、臉上戴著墨鏡。

提到地中海，或許有人會想像出澄碧天空和湛藍海水的畫面。其實完全不是那樣子的。到處都是暖烘烘、霧濛濛的。天空和海水都有種甜美的氣氛。雖然天空是藍的、海水是橄欖綠色，整個大氣中卻充滿了慵懶的銀色霧光讓人昏昏欲睡。

至於陸地，是那麼的柔美溫暖。綠松為底之中散落著紅屋頂、泛黃老牆的幾戶人家，所有的紅色花朵都一起恣意盛開。在尼斯機場的餐廳有提供義大利麵的午餐，金山大三郎發出好大聲響吃著義大利麵的實況，我可不想在此複述。只能說在他吃完之前的十分鐘，在場的其他日本人都繃緊了神經動彈不得，簡直是快要窒息的十分鐘。

◆一行女獵人

抵達倫敦時，我想距離從日本起飛已經超過二十四小時了。下榻處是歷史相當悠久的公園路飯店（Park Lane）。就是那種隔了十幾年舊地重遊的房客午茶時間下來大廳時，還能看到同一角落的同一位置如化石般坐著同一老婦人，用著跟十幾年前同樣的動作舉起眼鏡隔著鏡片觀察周遭人們的老飯店。

正在猶豫進了飯店是該脫掉外套還是繼續穿著時，因為看見人們已不知在何時將外套搭在手臂上，看來正確做法還是該脫掉吧。這裡就是很講究此類小節的飯店。

底下有大型舞廳，夜夜都聚集了衣香鬢影的老人家們舉辦一連好幾晚的盛大舞會。感覺有些不太舒服吧，反正不是我該去的場合。

一接近劇場開演的時刻，公園路附近就開始出現身穿晚禮服昂首闊步的人們，紛紛趕往約好的飯店酒吧。不可思議的是，就連晚禮服穿在倫敦的英國人身上，看起來也顯得稀鬆平常不那麼嬌貴。或許這就是英式時尚的精髓所在吧。

也就是說，絕對不崇尚華麗、也不追求標新立異、不能有獨創性、不能走個性化路線，以上都太特立獨行了。

身為英國紳士如果穿上歐風西裝走在路上，肯定背後會遭人如下的指指點點。

「那個年輕人的服裝品味似乎有點奇特……」

「就是說嘛。那種歐陸風格真是教人不敢恭維呀。」

相對地，只要是面料好、款式傳統的西裝，就算穿得再久再破舊也沒關係。只要皮鞋擦得亮晶晶、換上新的鞋跟，就是儀表堂堂的英國紳士。

讀翻譯小說時，不是經常會出現穿上洗燙好的衣服出門的男士嗎？其實並不如小說呈現的那樣，洗燙過的衣物算是稀有的存在。

然而說到英國女人的時尚就完全相反了。可說是一味的求新，亦即愛用所謂的巴黎時裝。到處充斥著長靴。大型格紋的斗篷不停地呼嘯而過。鮮紅皮革縫製的騎師帽滿街都是，我覺得很可笑，但那種帽子現在正流行。感覺就像是一行無所事事的女獵人硬要擠進倫敦徘徊，著實顯得格格不入。經由非感性民族的笨拙工匠製作的巴黎時裝穿在那些皮膚慘白、粗枝大葉的身體上，怎麼可能會合適呢？

因為不合適而顯得可悲，恐怕花了不少錢訂製的巴黎時裝，卻一件件看起來都像是廉價的成衣一樣。

果然地道的巴黎女人（Parisienne）是特殊存在。大家只是將極其平常的黑色毛衣搭配灰色套裝或是麂皮套裝、麂皮大衣，加上栗子色的鞋子和皮包走在路上，氣人的是從上到下就是那麼的協調有品味。不是每個人都穿著巴黎時裝。大家只是將成衣適當地搭配組合而已，一身洗鍊的穿搭功夫旁人難以望其項背。將絲巾打個結纏在提包的把手上，則是牛刀小試的玩心。

唉！其他國家為巴黎時裝廢寢忘食的女性同胞們真是悲哀的存在呀。

◆ Lotus Elan

在倫敦的二十天也是消化不良和胃灼熱的二十天。

因為太過緊張傷到了胃。偏偏屋漏又逢連夜雨，每天都有晚餐的邀約。無人邀約的日子則輪到我作東招待其他人。

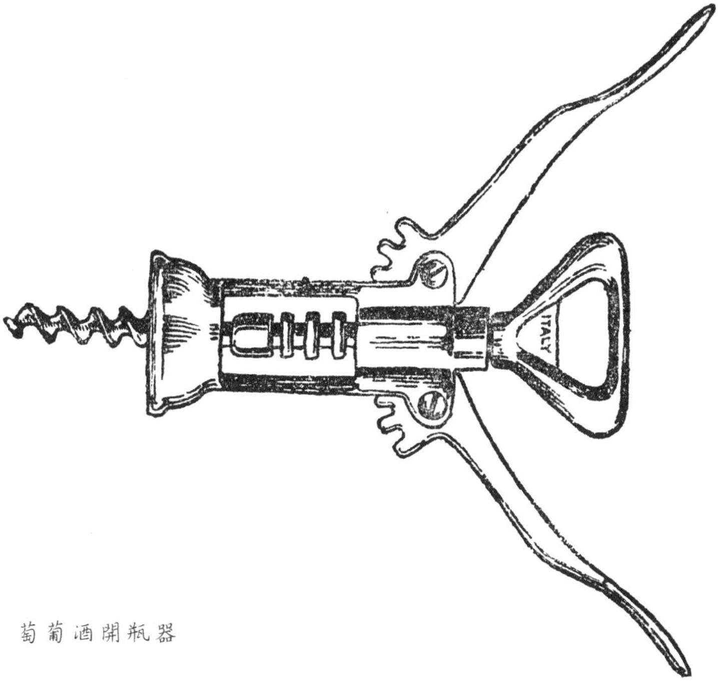

萄葡酒開瓶器

吃什麼東西都食不知味，嘴裡只要一含到酒就覺得開始燒心。義大利有一款名為Soave Bolla的白酒，尤其是一九五九年的是我的最愛。結果就連它也酸到我連一杯都喝不完。

試著用啤酒取代葡萄酒，但難以下嚥就是難以下嚥。威士忌更是不行。最後甚至連水也沾染不得。果然心中有事，先從腸胃出現問題。

離開倫敦時，我暗自下了一個無聊的決定。要是自己能獲得演出此一角色，無論如何都要買輛Lotus Elan慶祝一番。

Lotus Elan是英國蓮花製造的跑

車。排氣量只有1600cc算小，但最高時速能飆到將近兩百公里。至於發動後達到時速一百公里，你猜要花幾秒？答案是只需七秒。簡直是輛瘋狂的跑車。

拿到這個角色會是怎麼一回事呢？當然就能跟彼得‧奧圖（Peter O'Toole）、詹姆士‧梅遜（James Mason）、庫特‧尤根斯（Curd Jürgens）、伊萊‧沃勒克（Eli Wallach）、傑克‧霍金斯（Jack Hawkins），還有日本的齋藤達雄等人合作飆戲，而且還是理查‧布魯克斯（Richard Brooks）執導的七十釐米電影作品。對一個演員來說，光是如此就已是夢幻般榮譽。然而不光如此，能夠拿到角色就意味著這筆豐厚的收入可以讓我買這輛Lotus Elan，還能輕鬆餵飽我們兩口子一整年。

那要是沒拿到角色又將是怎麼一回事呢？這種事我也不是沒想過，光是東京倫敦往返、住在一流飯店的花費就需要一百好幾十萬日圓。更別說還有隨之而來的失敗感、屈辱感，帶著異鄉失志的滿身瘡痍收兵回東京的心情將是多麼的淒慘呀。

事實上能不能拿到角色，兩者的立場天差地別，堪稱殘酷至極。

我當然知道這種煩惱的層次太低，但我就是日夜憂思不能自已，所以想取笑我就儘管笑吧。

◆拿到的一頁腳本

抵達倫敦的隔天，導演理查・布魯克斯有點不捨地交給我一張紙。上面打字的是要我試演的戲。內容有點長，雖然我很想馬上公開全文，但因被下了嚴格的封口令而作罷。「這腳本的內容只要有一句洩漏出去，我個人搞不好就會殺了你——不，我是說真的。」

理查似乎是我行我素的性情中人。畢竟這是他耗費了七年心血完成的腳本，據說連他太太珍・西蒙絲（Jean Simmons）也沒看過。

總之那場戲大概是遇到危機，我們能依靠的不是感情而是正義。說得好聽點那是一段說理式的冗長台詞，但其實沒有比用英文打字的台詞更無趣的東西了。

我兩眼直視著那張台詞，心想我不可能辦得到。突然間要用怎樣的生活情感去娓娓訴說那種用外國話寫的台詞呢？當場我只能雙眼直視地盯著那張紙看。

當導演開口說「好吧」時，我臉上沒有顯露出來，但內心早已七上八下。因為我以為試鏡就要開始，這下可難堪了。

只見理查一臉嚴肅地說：

「我想對演員來說應該很討厭試鏡吧。也就是說沒有人能保證該演員是否能拿到這個角色。那種杵在半空中的立場對演員而言是多餘的精神負擔。

「所以我希望提供協助讓你能全力發揮。只要你願意，可以現在立刻就彩排，或是等兩三天後再彩排也行。不然也可以不需彩排，直接就正式來。就看你覺得怎麼做比較好。不，慢點，就連這個回覆也沒有必要現在告訴我。你可以好好考慮過後再說。」

總之我需要思考的時間。於是約定三天後彩排，五天後試鏡。

◆「GO AND CELEBRATE」

我無意寫下那之後到試鏡前的瑣碎經過。理查的演技指導很厲害。我從來沒有看過哪個導演像他那樣對所有細節都抱持明確概念、並擁有訴諸語言精巧說明的能力。彩排之後我發覺自己的每一句台詞開始有了新的生命。說真的，試鏡時我充滿了自信。

對了，雖說是試鏡，他們依然很慎重其事。因為到了片場，已經搭好試鏡用的場景。而且還要穿上試鏡用的戲服上場演戲。攝影機和照明也都跟正式拍片時沒有兩樣。那天試鏡的有女主角候補的索邦大學女學生和我共兩人。那個女孩的一場長戲始終拍不好，重拍了約十幾次吧。加上我的部分少說也用掉了三千呎的底片吧。三千呎說起來好像沒什麼，以日本拍一部劇情片平均使用三萬呎來看，可見得他們對此一試鏡的慎重其事。

我的正式試鏡，第一次是攝影機有問題，剛開始沒多久就喊停。第二次是合演對手講話吃了螺絲而NG。到了第三次從渾身顫抖的震怒開始，最後以幾乎是微笑低喃收場。結束時還聽到理查輕聲說Thank you very much。一次就OK。這時才發覺自己腿都軟了，差點沒辦法走路。

理查稱讚「very good」，而且是一連說了好幾次。我想他好像也有說「excellent」吧。外面的天色已經暗了，感覺收拾東西準備回家的工作人員臉上似乎也浮現出為我祝福的神情。

不料，自從那天以來我始終沒等到回音。整整兩個禮拜，我心急如焚，日子過得渾渾噩噩十分痛苦。

最後我變得自暴自棄，甚至覺得如果不想用我的話就趁早給個了斷吧。雖然只是試鏡，能和理查這樣的導演共事，終究說來不算壞事。因此就算被拒絕了，也是一次難得的學習機會。我有什麼好遺憾的呢！至今我仍清楚記得當時陷入半自暴自棄時還拚命說服自己的心路歷程。

反正那些也都是過去的事了。畢竟我現在正在拍攝《吉姆老爹》的外景，一邊頂著柬埔寨的暑熱一邊寫這篇文章。最早通知我結果的是選角導演慕德。她說「Go and celebrate」（去慶祝一番吧）。剛好當晚已接受同樣也將演出這部片的華特・戈泰（Walter Gotell）招待晚餐，乾脆就直接慶祝了。隔天在雨霧紛飛中我出門去訂購蓮花跑車自是不在話下。

◆紙飛機

很少有人被問到柬埔寨首都能當場回答得出來吧。答案是金邊。這裡有名為Le Royal（皇家）的一流飯店。請想像一下五個人坐在該飯店的酒吧。

我們首先點了拳頭大麵包夾一片火腿的三明治。飲料則是可口可樂和番茄汁。你猜結帳時花了多少錢？居然要八千日圓。

見微知著。恐怕對遊客來說沒有門檻比柬埔寨更高的國家吧。且不說物價的事，這裡也毫不例外的有地下匯兌的存在。想要到黑市賣掉手上的美金，據說公定三十五的匯率能賣到八十五。

金邊有國王住的皇宮，我覺得這裡可以不用去，因為十分悲哀。國王為了向天下展現自己的威權而興建此一巨大城堡。首先讓人覺得可悲的是，沒想到如此幼稚的機關算盡至今依然通用。其次是建築物本身，儼然像是迪士尼樂園一樣。極盡五彩繽紛之能事，紅、綠、黃、金等日本人只可能考慮塗抹在新設立的健康中心等設施的色彩。看著大剌剌地聳立在藍空下燦爛奪目的建築物，心情自然會變得不高興起來。

說起柬埔寨的名勝，最有名的當然是吳哥窟。建於十世紀前後的巨大石頭神殿盤據在叢林中的身影給人奇妙與神祕的感受，連同周遭的風情都值得珍愛。

所謂的住家是用樹葉搭蓋的兩坪大小屋。人人都打赤腳或是穿著橡膠拖鞋。女人身上就是簡單的上衣搭配一條纏腰布。水濁的壕溝和池塘到處可見，人們和牛隻都在這裡沐浴、飲水、洗碗、洗衣。也許是打獵歸來吧，揹著弓箭騎腳踏車的黝黑男人一臉笑容地飛馳而過。

吳哥窟裡有座簡樸的僧院，我想起高掛在那門口用竹子、橡膠和紙糊的偌大飛機。起初還以為是小孩子做的，其實不然。聽說是裡面最高階的和尚有生以來第一次搭飛機到金邊旅行，因為太得意了而製作飛機模型掛在屋簷下好對附近的人們誇示。

話又說回來，我從來都不知道這個國家的人民竟是如此的單純、有禮貌和害羞。因此對於那些拿他們當土著頤指氣使的四流五流的白人們，我只能以人渣相稱。

眼看著就要日暮西山，我打算到暹粒市吃晚飯。覺得市場裡的麵攤滋味還算不錯。

◆理查・布魯克斯說的話

你想過電影和舞台劇的不同嗎？有什麼是電影有而舞台劇沒有的特權呢？

那就是「眼睛」。

也就是說，演員的眼睛能夠觀察到一切事物的最深處。這是電影才有的特權。

所以我打算在這部電影充分活用此一特權。換句話說，對演員而言，任何欺瞞都不管用。

你只要想著如何「真實感受」就好，自然而然就能從眼睛透露出來。然後攝影機將其捕捉下來。這是唯一能讓觀眾相信的做法。

只要你的眼睛能正確反映出「真實感受」，其他就不需要太多的演技。過多的臉部肌肉動作和肢體語言都沒有意義，甚至多半會帶來壞處。

這就是我喜歡賈利・古柏（Gary Cooper）的理由。有些人認為他是不會演戲的爛演員，其實大錯特錯。

他總是可以真實去感受。正因為是真實感受，所以不用多做什麼就能吸引觀眾的目光於一身。

至今我仍記得那個場面，他一個人站在日正當中的原野上。

他是孤獨的、內心感到絕望與不安。同時也充滿不安與害怕。

他看起來好像只是緊張與一臉的不快。但仔細一看他自然下垂的右手正慢慢地握緊又鬆開。

那是很厲害的表現力。觀眾可以感受到他的手心正在冒汗。

也就是說，他的演技具有說服力的理由是他用內心捕捉到的絕望、不安和緊張，還有天氣的酷熱都充滿了全身，讓他不需發揮多餘的演技。反倒是收斂於內心的感受盈滿時，他用悄悄鬆開又握緊的右手發散出去吧。

這應該就是演技的說服力或是想像力吧。

所以我說要先做到真實感受。希望你能了解真實感受之後，越少發揮演技越好的意義何在。

假設你演出某個場面需要十成的動作，請考慮用五成的動作去演。如果五成的動作能演好，就考慮用三成，甚至最後能做到只用一成或是不用動作也能勝任。

演出的場面越是觸及內心深處，此一做法就越是重要。

有關電影的演技，或者說是演技之前的問題，你認為最重要的是什麼呢？

就是要被攝影機拍到。

不管做什麼，要是攝影機沒拍到也就毫無意義了。比方說從腰間拔出手槍的動作，如果鏡頭只對著胸部以上將會變得如何呢？

所以說即便對你而言把槍舉在腰間射擊是很自然的動作，此時也只能舉高到胸部的位置吧。

這種不自然的程度，幾乎是百分之百會隨著攝影機離你越近而越明顯。所以演員必須平常就培養出及時因應這種不自然度的彈性。

以下是極端的舉例，比方說這場戲是左手拿著炸彈，右手要將限時裝置塞進去。看似平常的劇情，其實比想像要難演得多。處理不好會讓觀眾看不懂演員在幹什麼。也就是說，必須看起來讓每個人都知道你左手拿著炸彈，右手拿著限時裝置，而且正要將限時裝置塞進炸彈裡，否則這場戲就毫無意義。

所以如此單純的動作也應考量到攝影機的位置；還有盡可能以自然的動作，亦即所謂的「正確做法」。

發現此一「正確做法」就是演員的工作。只要你們能多少認識到這一點，我也就不必每次都提高音量了，是不是呢？

這部電影必須做到所有的演技都盡量簡潔，而且意義明確。

這也是我不讓報社記者和攝影師進入外景和片場的理由之一。

換言之，人們早就不相信電影了。說得更直接點，就算去看《埃及豔后》，有誰會相信伊莉莎白・泰勒（Elizabeth Taylor）是克麗奧佩脫拉呢？

也就是說，人們知道得太多。人們在走進電影院之前就已經被「廣告宣傳」給洗腦了。所以就算他們看電影，在為男女主角談情說愛的畫面感動之前，早就興味盎然地聊著「別看他們兩人那樣，其實私底下感情很不好」。

比方說要是來看這部片的觀眾心裡想著「畫面上看似蓊鬱茂密的叢林，其實在鏡頭之外架著幾十盞燈光，演員們就坐在紅黃顏色的沙灘椅上喝著百事可樂」，豈不是很困擾呢？

這部電影背景的吳哥窟也是一樣。固然是絕佳的廣告宣傳話題，但我不想著墨太多。

就我個人而言，就算是在普通的叢林我也有信心拍好這部片。

所以偏重內心戲的場面，我盡可能都拍室內，不讓畫面帶到吳哥窟。

就怕觀眾的眼睛略過演員集中到背景大喊「看那些石頭」，豈不很糟糕。

有人批評彼得（奧圖）每拍完一場戲就回到自己的化妝室，不到最後一刻絕不出現在拍攝現場。

但其實這樣的指責是不對的。

彼得出現在拍攝現場時他總是完全準備妥當。

所謂的準備妥當代表他隨時可以正式上陣，事實上他即興演出的機會也很多。

而且他的走位，也就是只要讓他實際看過一次該從哪裡走到哪裡停下的位置，之後就絕不會出錯。能夠一如機器般正確停在該停的位置，你們不知道這對我和攝影師的工作有多大的幫助！

難怪我願意那樣禮遇彼得。

大家都問我如何看待走紅？哈哈，走紅當然是件好事。

唯一的問題是如何持續下去。

IV

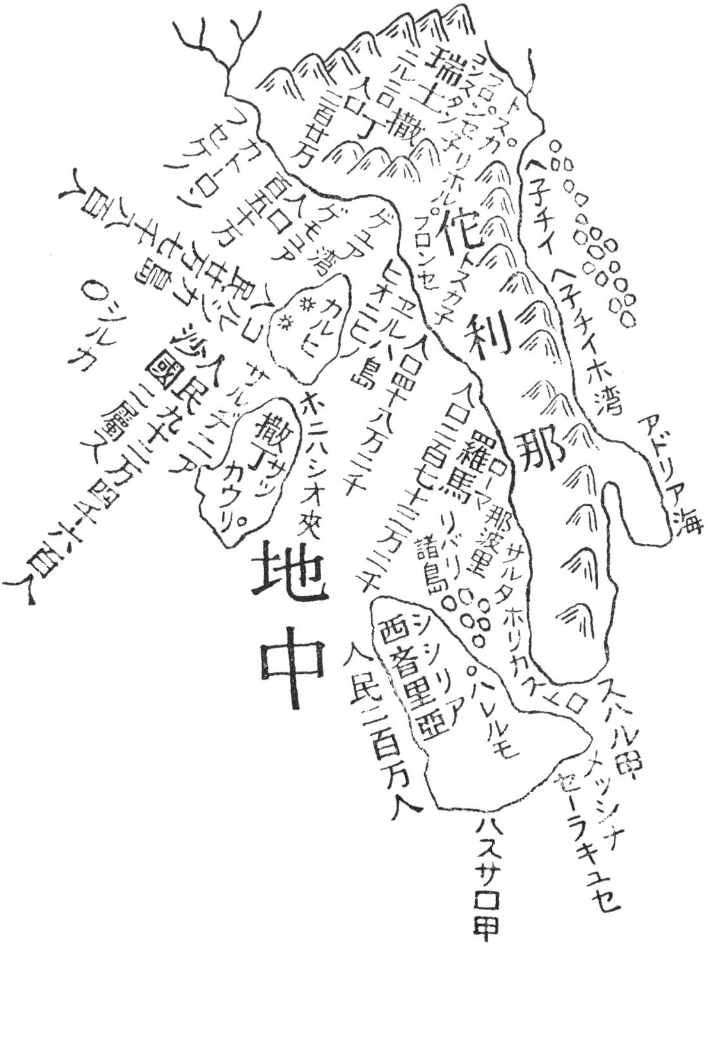
瑞士
佗利那
羅馬
ローマ
那波里
西音里亞
シシリア
パレルモ
メッシナ
セーラキュセ
撒丁
地中
アドリア海
諸島
カルヒ
人民二百万人

◆作為英國人的外在條件

因為一年沒買鞋子，最近鞋子整個都快穿塌了。

我喜歡的款式是用輕薄的麂皮裁製、帶點運動風格的皮鞋。在我英國友人口中被戲稱為「狗鞋」（dog shoes）。

這種「狗鞋」只在威尼斯的「波麗鞋店」有賣。我每年總要找個理由前去訂購六雙。如今所有鞋子都穿塌了，名稱也該改成「老鼠鞋」（Rutt shoes）。

於是我打算去威尼斯買鞋。或許有人會覺得專程從倫敦跑到威尼斯買鞋太過講究，偏偏我對這種「狗鞋」起了一種中毒作用，穿上癮了。少了「狗鞋」，我的「服飾規劃」就難以為繼。

原本我暗自憧憬的是英國人的時尚品味，可惜個人的外在條件不允許。也就是說，作為英國人有必須符合的外在條件限制。

亦即——

一、臉部皮膚得呈燻鮭魚般的粉紅色。

二、頭髮希望是亞麻色或栗子色。最重要的是後腦杓的頭髮得跟耳孔切齊呈一直線。

三、後腦杓，尤其是脖子一帶最好呈蕗蕎狀。

四、姿勢一定要端正。

五、重心要站穩，身體多少有點「前傾」就更完美了。

六、雙腳必須是由上到下呈一直線的棒狀。

假如要我試著素描英國人的雙腳，那我肯定會畫成兩條的垂直線。

小時候我曾經在京都上賀茂學過游

泳。大約上了十天的課，就在暑假結束之際，每個人根據進步狀況領取級別證書。這間游泳學校的經營者肯定是異常的分類狂，因為我拿到評等竟然是「等外三級乙」。

就像以肉品分類來說，大概屬於里肌、腰肉、特級肉、高級肉、中級肉以下的「普級肉」類別吧。

However，不管怎麼說，如果把我畫的英國人雙腳素描拿給美術老師看，肯定也只能得到「等外三級乙」的評價吧。

也就是說，可見得我的圖畫是多麼缺乏應有的凹凸線條。

所以我們日本人頂多只能拿著「Brigg」紳士傘、抽著「Dunhill」（登喜路））菸斗聊備一格。而且關於Brigg紳士傘，根據我可敬之友白洲春正君的說法，還不能像英國人一樣收緊纏好，拿在路上走時得鬆開來才安全些。

也就是說，要昭告世人自己在英國帶著傘出門，純粹是因為傘好用的關係，而不是想成為英國人。

這麼說來，法國風格或是義大利風格倒是一向適合所有人種，因為沒有那麼講究傳統。

在倫敦要想仿效穿上藍底白細紋的工作西裝、頭戴圓頂硬禮帽、手臂夾著泰晤士報走在

狗鞋

街頭，別說是任何外國人，就連中產階級以下的英國人也很困難。至於叫我穿著橫紋襯衫搭配棉長褲，加上一雙狗鞋走在威尼斯的大街上則是一點抗拒感也不會有。

在巴黎也是一樣。例如黑色馬球衫外搭深灰色西裝，胸前口袋塞條色彩繽紛的手帕，加上短外套走上街頭，我一點也不會覺得丟臉。

只是穿上這一身裝扮凸顯出自己偽裝成法國人的感覺會讓我不太愉快。

也就是說，裝扮成冷淡、小氣、不親切、自私自利，一言以蔽之就是小布爾喬亞階級、小市民主義的法國人已經有卑微的感覺，結果自己還只是個冒牌貨，當然也就高興不起來了。

所以我就算去巴黎也只會買開車用的手套、麂皮外套或是皮爾・卡登、迪奧、雅克・法特、聖羅蘭等名品店的領帶而已。

在迪奧買的有著淡淡胭脂色波斯圖案的深色領帶真是絕妙。雖然有配套的手帕，但絕對不能同時使用。

不過或許在歐洲還行得通，在英國就會被認為是邪門歪道吧。反而淪為中產階級的品味。

◆日暮道遠

老提中產階級似乎有點窮追猛打，然而在英國最需要留意的地方恐怕就是那種一味附庸風雅裝高貴的窮酸感吧。

比方說我們把廁所說成toilet，但在英國絕對不能使用這個字。也就是說，這是住在倫敦郊外的中產階級主婦硬要充上流時的用詞。

那種情況就跟在日本彷彿怕人家不知道家裡有錢，沒事就要加蓋一個粉紅色的房間一樣。不對，這個例子舉得不好，應該說是連提到啤酒也要刻意加上敬語，反而落得畫虎不成反類犬的窘態。

關於廁所的說法，老式飯店通常會掛上Gentlemen's（Ladies'）dressing room的告示牌。因此也可以簡稱為men's room或gents，甚至還有John或loo的俗稱。平常說成lavatory即可，私人家庭則可用bathroom。

還有一個也是日本人經常被教錯的用法，男性在電話中報上自己名字時，有的人會說「This is Mr. Idami speaking.」問題是中產階級才會用「Mr.」自稱，正確說法是「This is Juzo Idami.」唉，學習語言這條路真不好走。

曾經聽過黑澤明導演說想拍這樣的一幕戲。那幕戲是一個老人深深嘆息道「感覺真是日暮道遠呀」，說的就是現在的情境。不正是日暮道遠的感覺嗎？

However，且不提那個，前面說到我要去威尼斯買鞋子。

這趟旅行我想走奢侈路線。也不是啦，奢侈路線只是說來好聽，其實就是打算來趟不設定預算的旅行。也就是說，住自己最想住的飯店、到自己覺得最好的餐廳用餐。盡情觀光喜歡的城市，遇到無論如何很想買的東西也不需猶豫直接買下來。

或許有時候看到帳單會當場愕然。但如果透過這樣的經驗從此學會遇事面不改色，那麼學費也算是便宜的了。

◆英國紅茶的沖泡法

從倫敦到威尼斯的交通方式，還是決定自己開車吧。光是聽到開車旅行，就已然談不上是奢侈路線，但也沒辦法。其實我也很想跟詹姆士・龐德一樣搭乘「東方快車」，這次就好好享受一下繞路的樂趣吧。

英倫海峽則是搭飛機。也就是說，從利德（Lydd）或紹森德（Southend）機場連人帶車一起搭飛機前往加萊（Calais），航程約四十分鐘。

一架飛機可運送三輛小車或兩輛大車，不知道他們是如何平衡損益的，雖然作風神祕但這家「英國航空」公司誠心誠意的服務，成為全世界我最愛的航空公司。即將和英國暫別，為留作紀念且在利德機場喝杯英國紅茶。

所謂英國式的紅茶，首先要沖一壺濃茶，其次將冷牛奶倒入茶杯中。之後才倒紅茶進去。太濃的話可加熱水調整。接著放進砂糖。絕對不能亂了以上的順序。茶壺當然得先溫過，牛奶也必須放涼。使用什麼煉乳更是旁門左道。不過也有一派說法認為先倒牛奶的是中產階級，但並非定論。

不管怎麼說，我在日本倒是很少喝到這種味道的紅茶。根據我的經驗只出現在一個地方，意外的是在羽田機場名不見經傳的普通食堂裡重遇此滋味。

總之我們在利德機場喝了二十五日圓的紅茶後便飛往加萊。順帶一提的是，關於此航線，詹姆士・龐德的《金手指》有詳細介紹。

◆愛馬仕和佐登

加萊，距離巴黎二百七十五公里。

中間我們在海濱小鎮維姆勒（Wimereux）吃午飯。

「亞特蘭提斯飯店」的蟹肉派美味可口。

巴黎。

每次來到巴黎，我都會買開車用的手套。位於香榭里舍大道麗都拱廊商場（Arcades du Lido）後門附近的男裝店有賣質感絕佳的手套，我想一次至少得先買個六雙才行。它的對面是「艾迪」（Hedi），我推薦麂皮外套和羊駝大衣。首先我大致會去這些地方購物。

接下來如果還有需要就會去看看「愛馬仕」（Hermès）和「佐登」（Charles Jourdan）。

「愛馬仕」是世界最好的手提包店。使用的皮革極其柔軟，款式單純而厚重，加上絕對不會壞的金屬配件，實在讓人愛不釋手。

一個至少也要五萬日圓，相對地能讓持有者的氣質明顯增色許多。

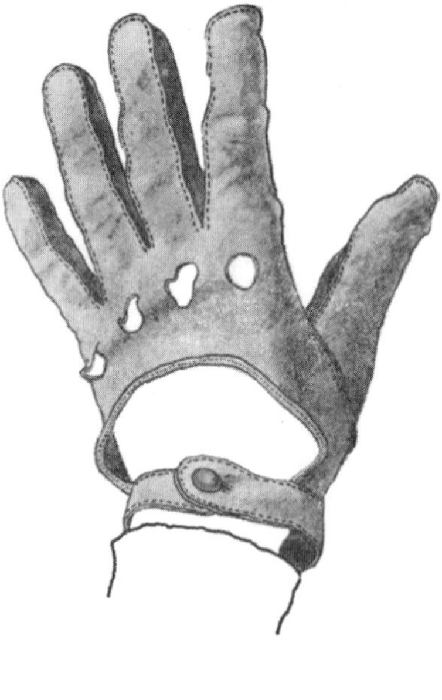

進入其他店家時，只要拿著愛馬仕包受到的待遇就是不一樣。

我看上了男士用的鱷魚皮錢包，價格硬是多了一個位數。要價二十萬日圓。

擁有「愛馬仕」手提包的女士穿的鞋就一定得是「佐登」買的。

說起「佐登」鞋的魅力，實在是妙不可言。換言之，鞋子本身就充滿魅力，簡直讓人越穿越喜愛。

所以要去巴黎的人千萬別忘了造訪「愛馬仕」和「佐登」。不對，並非只限於巴黎。香港也買得到，只不過香港賣的是去年的製品。所以最新流行的款式不行，但單純、不退流行的經典款則建議到香港買。

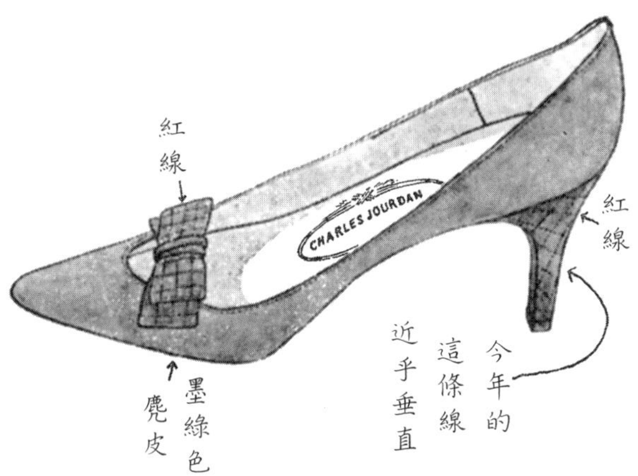
紅線
CHARLES JOURDAN
紅線
今年的這條線近乎垂直
墨綠色麂皮

◆香港

因為提到就稍微聊一下香港。雖說香港使用英語可通行無礙，但有點言過其實。畢竟在機場、飯店、主要大街的商店能使用英文溝通是理所當然的事，否則日本也能算是英語暢行無阻的國家了。

可是外國人到了魚市場，說什麼「Sliced fat tuna with lots of spice.」也不知店家是否能聽懂對方是要點美味的魚腹部位加上山葵調味。

換句話說，要想真正享受香港之旅的樂趣，就需要有個中日文都很流利又懂得吃的嚮導，問題是並非每個人都能認識那樣的朋友吧。

有些人專程來到香港，結果卻只吃了炒麵、煎餃和日本料理便打道回府，我實在是看不下去。

因此我用了許多時間、耗費私財，完成了以下香港美食之最佳菜單。近日有要去香港的人不妨裁下此頁，到指定的餐館後不用說話只要出示紙片即可。

上海菜「大上海」
一、醉雞
二、油爆蝦
三、青椒牛肉絲
四、醉蟹（十月起）
五、炒雙冬
六、砂鍋白菜

北平菜「樂宮樓」
一、海蜇雞絲
二、肉絲拌粉皮
三、乾燒冬筍
四、烤鴨

五、炸醬麵

還有關於物價便宜的傳言，我也有話要說。總之就是便宜。二十枝裝的洋菸賣六十日圓。至於洋酒的話，比方說白馬威士忌（White Horse）不過千圓出頭。到一流餐廳點一人份的餃子十五顆，你猜多少錢？只要日幣一百圓。

總之世界精品應有盡有。以女鞋來說就是佐登、手提包是愛馬仕、古馳（Gucci）。至於提到打火機則是登喜路和都彭（Dupont）等名牌，只需用日本價格的好幾分之一就能買到。就像看到世界一流的製造商都競相在此「出清存貨、跳樓大拍賣」。

也許有人會說：那不就是購物天堂嗎？倒也沒錯，的確是購物天堂。但購物千萬要找值得信賴的店家才行。畢竟這是個外面擺真貨，裡面藏贗品，膽敢公然銷售假勞力士錶的城市呀。

說到值得信賴的店家，我也很難把整個城市裡的店家都看過一遍。因此以下僅介紹幾個有商譽的店家。

香港方面

一、鐘錶＝中華百貨

二、布料＝老合興行

三、舶來品＝連卡佛（Lane Crawford's）、Mackintosh 's、永安國際（Wing on Co.,）

四、寶石＝思豪珠寶（Cecil Arts Jewelry）

九龍方面

一、鐘錶＝Geneva

二、舶來品＝瑞興（Shui Hing Co.,）

三、布料＝Hansen Tailor

◆三星級法國餐廳

法國有家米其林輪胎公司。幾乎每個到歐洲旅行的人都人手一冊該公司為開車旅行者出版的地圖和旅遊指南吧。

不好意思又要提到詹姆士・龐德，電影《金手指》的日文字幕將米其林翻譯成米凱林，難免讓人感覺有點遺憾。

關於米其林將於日後再敘，至於它出版的旅遊指南則是以法國為主將餐廳分類為四個等級。

首先是三星級。也就是就算路途遙遠也值得造訪。提供最好的法國菜、無懈可擊的服務。

其次是二星級。即便繞路也要吃看看。

一星級。附近一帶滋味出眾的餐廳。

另外底下還有更多沒有星星的餐廳。而最早獲得三顆星評價的餐廳全法國只有九家，九家之中有四家在巴黎。

分別是「Maxim's」「La Tour d'argent」「Le Lapérouse」和「Le Grand Véfour」這四家。這種地方的門檻有點高，的確也是，買單時著實破了不少費。

其他散落在地方的五家大多位於類似驛站的小鎮或是溫泉勝地，首先客源大半是散客。因此可以想見服務上也會比較一視同仁。

這一次我打算征服巴黎以外的三家三星級餐廳。分別是亞維農（Avignon）的「Hôtel de la Poste」、維埃納（Vienne）的「La Pyramide」和塔羅亞爾（Talloires）的「Auberge Du Père Bise」。

那就上路吧！

在那之前我想起一件事。

◆沒喝完的葡萄酒

巴黎三星級餐廳之一，印象中應該是「Le Lapérouse」吧。我和一位日本人在那裡共進晚餐時點了一瓶白酒但沒喝完，大約還剩下半瓶。心想千萬不要浪費，打算整瓶打包。結果居然不行。

畢竟是用自己的錢買的酒，應該擁有打包回家的權利。

但也不是說高級餐廳存在著好酒必須剩下一點不喝完的不成文規定，且那麼做才是上道的表現。

餐廳都有專門看守酒窖的員工，通常都是有著紅色酒糟鼻的老頭。如果將自己點的菜色告訴管酒人並諮詢意見，對方就會根據菜色建議合適的葡萄酒。

他們會在胸口掛著一個類似扁平紅茶杯的金屬製扁杯。據說以前他們會用那杯子試酒的味道，所以還保留當年的習俗。有些餐廳也還繼續雇用管酒人。

管酒人的學徒多半是少不經事的男孩。

既然有心要成為管酒人，當然就得學會如何分辨所有的酒吧。

問題是為了培育管酒人，總不能說開就開價值好幾千法郎的葡萄酒喝吧？

因此只要有客人開了瓶好酒，就必須留下一兩口作為少年學徒的試喝品。因為萬一將來優秀的管酒人都斷絕了，困擾不便的還是客人們自己。對於法國人的這番理論，也只能瀟灑接受，豈敢有不同意見呢！

Hôtel de la Poste（位於亞維儂）

我們點的是Quenelle de Homard。homard是「大螯蝦」，也就是龍蝦。將蝦肉壓成漿做成的「蝦餅」，十分美味。還有Steak au poivre（胡椒牛排），很可口。淋上用鵪鶉蛋、鵝肝醬和干邑酒做成的醬汁，好吃極了。

La Pyramide（位於維埃納）

我想菜單應該是固定的。先是上來四盤不同的肉醬，然後才開始正式上主菜。

Auberge Du Père Bise（位於塔羅亞爾）

Écrevisse是一種螯蝦，浸泡在白酒和洋蔥熬煮的湯中，是道涼菜，直接用手取食。迎著飛越湖面而來的涼風，一手舉起冰涼透頂的Chablis Moutonne（這款白酒的滋味妙不可言），一邊享用一大盤螯蝦的三十分鐘。

想必很羨煞人吧？

◆我愛義大利

義大利是個美麗的國家。套句旅遊指南書常用的形容詞就是「風光明媚」。

一想起義大利，感覺就像是對遠去夏日的回憶，總是有陽光照射其中。隨時都充滿了通透明亮的陽光。天空湛藍，風一吹過樹葉便閃閃發亮。葡萄園、橄欖樹的山丘緩緩起伏。帶著「嚴肅」表情，挺著黑色身影聳立的是絲柏。

家家戶戶奶油色的老舊牆壁、相連的磚紅色低矮屋頂。矗立的四腳高塔將在安靜的廣場上投下深濃的陰影吧。肯定能看見一身黑色裝扮的老太婆獨自拄著拐杖行走在烈日中。

而且我連義大利的城市也都喜歡。

看到那些戴著褐色、藍色墨鏡的男士們，身穿白色、胭脂色、卡其色休閒西裝的男士們，將上衣脫下來掛在肩膀上的男士們，套著便鞋的男士們，用著義大利式誇張手勢，在討論重要事情，就連騙小孩的玩笑話也能開懷大笑的傢伙們都覺得愉快。

那間不太乾淨的食堂是一個號稱擅長撲克牌魔術的老爹開的。坐在葡萄藤架下吃的義大利麵味道還真是不錯。儘管周遭建築物的窗口外掛滿了隨風翻飛的尿布，但只要料理的滋味天下一品，夫復何求呢！

從櫃檯人員到門僮都一身白色制服精神奕奕站著工作，宛如大理石宮殿的飯店給人的感覺很好。看到有人開著難得一見的英國跑車，一群天真無邪的大男人們立刻湧上的加油站也很有意思。

衣著樸素的美麗女子神情肅穆地快步走過。就連高樓之間和女子擦肩而過的巷道也令人回味。穿著白紅、藍白、藍紅、紅綠等各色條紋襯衫和短褲的孩子們一起騎著腳踏車呼嘯而過的偏遠社區大馬路也充滿風情。

◆眾耶穌與瑪利亞們

總之所有的一切都很美好，尤其義大利是盛行古老教堂朝聖的國家。是到處都有名畫和教堂的國家。

有著大教堂的城鎮、有著圓形小教會的村莊、鐘塔美麗的村莊、還保有圓形劇場的小鎮、有古老宮殿的城市。這樣的村莊和城鎮大約間隔車程一兩個小時的距離散落在整個義大利的美麗風土上。難道不覺得很愉快嗎？

就這樣所到之處都有名畫。有壁畫、有喬托（Giotto）、有達文西、有米開朗基羅、有拉斐爾、安傑利科修士（Fra Angelico）、提香（Titian）、丁托列托（Tintoretto）。不覺得那是個高手雲集的時代嗎？

不過我最喜歡的畫家並非以上所列，而是西蒙尼・馬提尼（Simone Martini）、皮耶羅・德拉・弗朗切斯卡（Piero della Francesca）、比薩尼洛（Pisanello）、貝里尼（Giovanni Bellini）四人。

至於為什麼會喜歡這四人，其實我對於繪畫完全是門外漢，我的義大利繪畫論或許只是在賣弄小常識。但我個人堅決相信以下的這一點。

我之所以喜歡這四人，原因之一是他們四人筆下都能畫出好的面相。

我想能否畫出好的面相對於此一時代的畫家堪稱決定性的要素。由於當時的繪畫就像敘事詩一樣，首要需求乃是具體的描寫功力。

其次是如何利用道具訴說背後的故事，也就是如何加以視覺化。這需要鉅細靡遺觀察入微的想像力。

關於這一點，許多畫家都在描繪同一主題。比方說耶穌誕生、天使報喜等，比較各家畫法的不同其實很有趣。以天使報喜來說，通常瑪利亞會坐在椅子上，左邊或右邊配置跪著的天使，百合花肯定會出現在畫面中的某處。基本上就是如此，但表現出來的結果卻是千差萬別。

有的舞台特別空曠、有的畫上了類似迴廊的建築物、有的是在房間內，還有天使翅膀的長法或是衣服裝扮等。對了，在西蒙尼・馬提尼的畫中，天使的衣服是類似格紋的布料。或許在當時那是最新潮的高級布料吧。

此外有的還畫入狗或鳥類，甚至不知為什麼畫了一隻面對著觀者而坐的奇怪虎斑貓。此外動物也會出現在耶穌誕生的圖畫中列隊致意。就像是隨著知識的擴展，讓駱駝、花豹，還有長臂猿等各式各樣的動物也跟著加入隊伍。

出現在畫裡的馬，早期都是側身或是斜身站著，到了某一時期起開始加入背對或正面朝前的馬。也就是說，在當時這就是寫實的畫法。

再度回到面相的問題。畢竟畫中人物不是耶穌、聖人就是英明的君主，所以連臉都畫不好的畫家當然就是失職。

由於所謂的面相能反映出畫家的品行，因此能畫出好面相的畫家在道德操守方面也會是好人吧。

話又說回來，其實最難畫的應該是耶穌年幼時期的臉吧。因為除了優美、莊嚴，還必須保有幼兒童稚的特色，所以特別困難吧。當然也不會有模特兒的存在。是以基本上大部分的人都失敗了，往往太過老成世故以致顯得醜惡難看。

哎呀，不對。明明是要到威尼斯買「狗鞋」的，居然把話題扯得老遠。以下簡單記錄行程。

飯店：維洛納（Verona）的Due Torri Hotel，威尼斯的The Gritti Palace。

餐廳：維洛納的12 Apostoli，威尼斯的Taverna La Fenice。

橫越北義中。值得一看的東西太多了，若要縮減至最小限度，只能去米蘭的布雷拉美術館（Pinacoteca di Brera）、中世紀小鎮貝爾加莫（Bergamo）、維洛納、聖安納塔西亞教堂（Sant´Anastasia）的比薩尼洛、威欽察（Vicenza）的帕拉底歐（Palladio）劇場、帕多瓦（Padova）的喬托、還有整座的威尼斯城鎮。

購物方面則是古馳的包包、波麗的狗鞋。

各位，請容我去去就來。

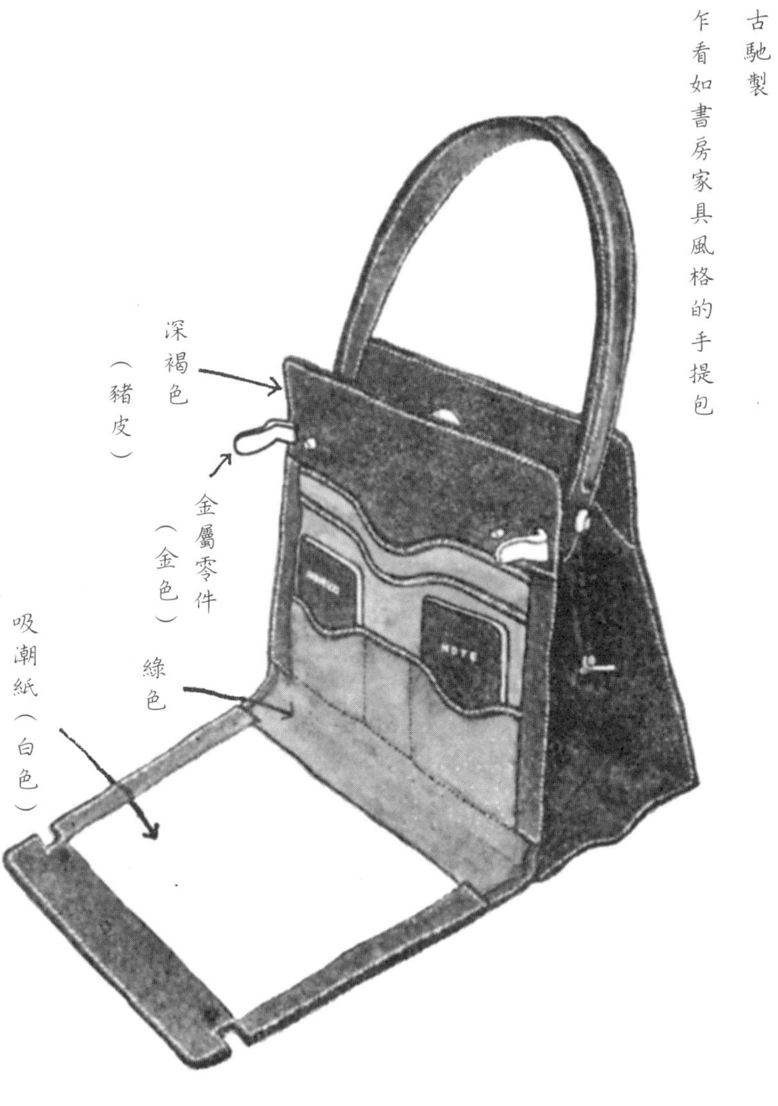
古馳製
乍看如書房家具風格的手提包
深褐色（豬皮）
金屬零件（金色）
綠色
吸潮紙（白色）

◆義大利麵的正確吃法

「大家吃麵吃得又急又嚴肅。有的人用叉子鏟起麵條往上拉，直到垂落的麵條尾端完全脫離盤子後才送進嘴裡。也有人叉子不斷忽上忽下，拚命將麵條從盤子往嘴裡送。」

這是海明威《永別了，武器》第二章中的一段文字。

我想文章具有真實性、描寫力和實在感的臨場感，指的就是這樣的文字吧。但我現在要強調的不是寫作，而是關於義大利麵條的正確捲法。

有些事情透過短時間的簡單練習就能排除困難。

比方說在強風中點火柴棒這件事，在人生中應該不算是太困難的技術吧。我想每個人都有過只剩下三根火柴棒卻全都被風吹熄的不足為外人道的記憶。

但我也很清楚這種事不過是在強力電風扇前練習點上一整盒火柴棒後就能完全解決的問題。

稍微以類似單口相聲「打哈欠指南」的方式說明如何用雙手保護手裡的火焰不被風吹

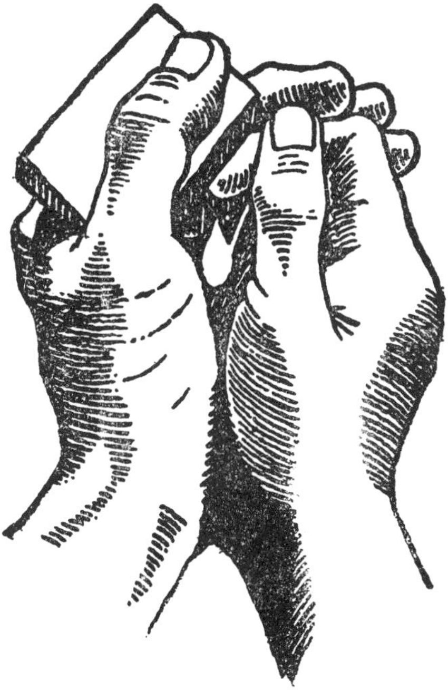

熄。點燃火柴棒後，為了讓雙手立刻圈成理想的形狀圍住火焰，要留意的不外乎是火柴盒該怎麼拿，以及火柴棒的正確拿法和點法吧。

僅僅花了十分鐘練習，我就通曉所有問題的奧妙。如今在狂風中點火柴棒只會帶給我無比的樂趣。

我甚至考慮在名片上增列一項「強風下正確點火柴法評論家」之頭銜。

關於義大利麵該如何捲，應該也是大同小異。

義大利麵當然得用右手拿起叉子捲起來吃才對。問題是大家都知道這一點，但能夠完全做到的人卻意外地少。

大家都成了海明威。

前面說過法國有米其林輪胎公司，大家都知道該公司出版的行車地圖和旅遊指南最具權威性。其中義大利篇對於前往義大利旅遊的外國人提出了有關義大利麵捲法的警告如下：

「吃義大利麵時絕對不能使用刀子。右手拿叉子，一次最多叉住兩、三根的麵條，慢慢捲起，捲完後送進嘴裡。如果一開始叉住的量太多，捲的時候會越變越大以致難以收拾。」

即便是對歐美人士，這也是個大問題。更何況日本人還背負著一大障礙。

那就是日本人食用麵類時認為發出唏哩呼嚕的聲音是理所當然的，但在外國卻被視為是非常失禮、極度缺乏教養的行為。

所以我想對前往海外旅行的年輕人們提出忠告。千萬不要把日本的老人家和義大利麵連結在一起。當你的社長、專務嘗試以海明威方式製造出驚人的一瞬間，頓時周遭一片寂靜，你的座位將成為全場矚目的焦點。

原則上得以即便輕微吸食的聲音都絕對不被容許為前提進行此一話題。

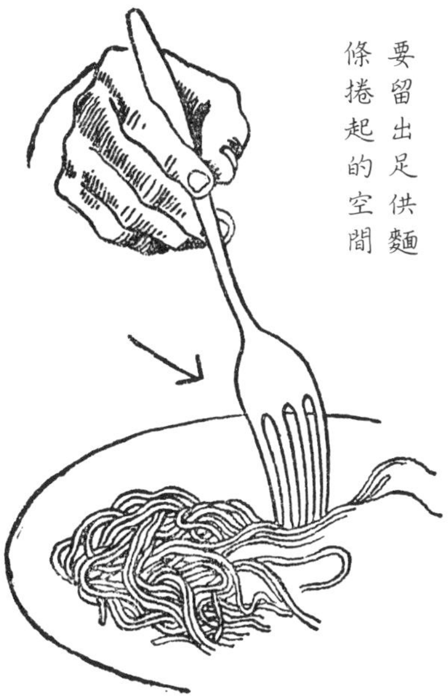

不發出聲音吃義大利麵其實並非難事。總之如何完全不發出聲音跟如何完全捲起義大利麵有關。雖說是完全，只要大致上能完整捲起就好，兩、三根無法捲起的短麵條掛在外面則是無所謂的。

接著便是開始練習。

首先端坐在以義大利手法煮好的義大利麵前。

麵條和醬汁拌勻後，用叉子壓住一部分的麵條。於盤子角落留出約香菸盒大小的空間作為專門捲麵條用的地方。此乃訣竅之一。

有的義大利麵條一根就長達五十公分，所以叉子上只須掛住兩、三根即可。

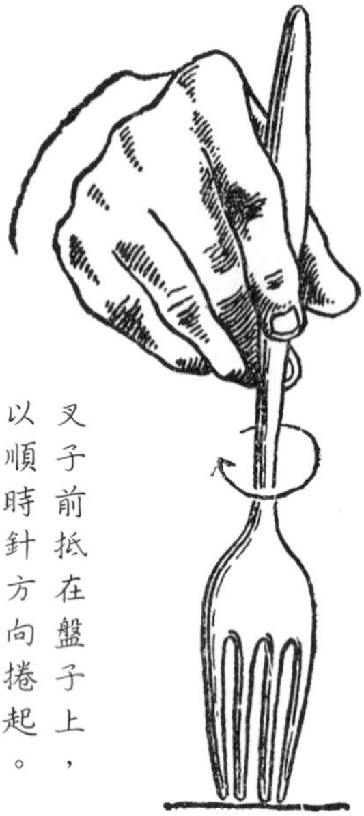

叉子前抵在盤子上，以順時針方向捲起。

如果是日式切碎的麵條則可叉起七、八根吧。

接下來很重要，先將叉子輕輕抵住盤子，然後依順時針方向靜靜地轉動。

在四根叉齒捲起麵條前，千萬不要舉高叉子離開盤子。此乃訣竅之二。

一旦叉子前端脫離盤子，繼續轉動之際，原本沒被叉住的麵條會跟著也纏上來，只見整盤麵條最後都揪成一團。只要發覺失敗了，就得重新來過才行。

也可以利用左手拿的湯匙凹槽將麵條移入捲起。只是這種方法並不正統，義大利人之中看人使用，倒也不算違規吧。這種方式比較容易捲起麵條，原理同樣也是叉子前端不能離開湯匙。

好了。現在的你已經能夠將義大利麵捲成完美的紡錘狀，給人一種幾乎是藝術的愉悅感受。

你靜靜地將該藝術品送進嘴裡，不發出聲音地品味中。

接著且讓我們再繼續讀海明威的下文吧。

「吃麵的同時，大家從乾草包裹的大酒瓶裡倒紅酒來喝。酒瓶斜靠在鐵架搖籃上，拿著酒杯的手用食指勾住瓶頸一拉，只見顏色亮紅、帶點澀味、香醇可口的紅酒便流進杯子裡。」

◆又是巴黎

來自大江健三郎的書信。

明年六月小孩即將出生。問說名字取作戶祭如何？連同姓氏便成了大江戶祭。好個沒正經的男人。

我也馬上就要成為鞠町的伯父了，但我個人還是希望出生的是姪子。

一如法國詩人馬拉美（Mallarmé）做過的，我無論如何也想嘗試看看為了送姪子小馬和帆船而努力工作一個夏天。

◆輕忽一時危害一生

法國的法律規定騎乘在速克達機車或單車後座時，不得側坐。仔細想想英國和義大利或許也是一樣。因為穿裙子的婦女都是採取跨坐姿勢。

我覺得這是一個很好的規定。

在日本開車到鄉下兜風時，不是經常會看到一家三口騎乘同一輛摩托車的畫面嗎？父親騎車，母親揹著襁褓包裹的嬰兒側坐在後面。母親手上還提著一個黑色大塑膠包包，看起來並沒有緊緊抓住父親的身體。

為什麼母親不跨坐呢？是覺得難為情嗎？還是擔心被左鄰右舍或婆婆說三道四呢？如果真是如此，這位母親可是為了怕丟臉和無謂的顧慮而甘心讓自己小孩的生命陷入危險之中。

萬一不小心母子同被摔下車，整個人仰躺著落地，小嬰兒豈不有一半以上的機率必死無疑呢？別說這種事一百萬次頂多只可能發生一次，就算一百萬次發生一次，一旦遇到了，機率也跟百分之百沒有兩樣吧。

這根本是粗心大意到了極點，甚至可說是犯罪行為吧？日本人對於危險實在過於輕忽隨便，亦即可能因為太缺乏想像力的關係吧。

我以駕駛的身分發言，深深感覺到車子是很可怕的東西。有人說車子是凶器，我完全可以認同。

比方說，下雨的夜路上，我們幾乎視而不見地開車。前方來車的車燈照在柏油路上產生亮點。有時會感覺到有些陰影掠過亮點，原來是路上行人或自行車騎過。

跟對向來車交錯時，由於對方的車前燈光會從我的眼睛高度通過，所以除了眼前閃閃發亮的兩個白色光源逐漸靠近外，世界瞬間變成漆黑一片。

說是瞬間，其實車子應該已跑了幾十公尺遠吧。而且通常駕駛在會車時，本能上會留意對方來車的動向，而不會凝視道路前方的黑暗。就算睜大眼睛要看也看不見任何東西。你或許要問那不是很危險嗎？的確非常危險。既然危險，只要踩煞車不就好了嗎？問題是絕對不會踩煞車。我也不知道原因何在，反正從來沒有看過有人每次會車時都踩煞車的。

所以在那個黑暗的瞬間，如果有三個人並肩走在馬路上時會怎樣呢？因為駕駛完全看不見，自然不會避開就直接撞上去了。

以為在明亮的車前燈照射下可以看見對方的想法、以為看得到當然就會減速的想法，希望能當場改觀。

經常在夜晚的高速路上看見故意敞開夏威夷衫露出高高捲起的內衣、不知為什麼肯定會穿著拖鞋的年輕小伙子們，三五成群地無視於往來車輛穿越馬路。

對他們來說，大概心裡想著我們這些爺們要過馬路，駕駛們只要看見我們就應該減速慢行才對。當然他們可能盤算過看在旁人眼中這是相當危險的舉動吧。

但我不是在開玩笑，這真的是很危險的行為。就結果而論，他們是真的在玩命，只是自己並不知道罷了。

行駛在沒有路燈的夜路上能夠確認前方有行人，只有靠對方來到眼前時。萬一此時駕駛因為調整收音機或試圖點菸或和情人四目相接而沒有留神，將是什麼下場？

你們就算再怎麼耀武揚威、大搖大擺地走向汽車，終究也只是一介肉身吧？

另外腳踏車也很危險。真的很危險。腳踏車後面的紅色反光板，我從沒看到亮過。

所以說車禍不可能不發生。偏偏大家在事故發生前都覺得不會有事故吧。於是沒有人為了避免發生車禍而小心駕駛，一心只為了抵達目的地而奔馳。因為過去以這種方式駕駛都沒事的安心感養成了對危險容許度變得相當寬容的開車態度。

事實上大家沒有意識到，在這之前並非都安全無事，只不過是運氣比較好罷了。

總之千萬別完全信任開車的人，而是要想成那是一輛無人駕駛的車。因為不管什麼車，都有可能陷入跟無人駕駛相同狀態的時間點，車禍總發生在那一瞬間。

這跟開車技術好壞沒有關係。比方說一個總是安全駕駛的人被人家以低級、粗暴方式超車後，一時之間分了心而撞上行人，結果跟無人駕駛的汽車又有什麼兩樣呢？

為了閃避突然冒出來的腳踏車緊急踩煞車，造成車子打滑撞倒行人，豈不也等於是無人駕駛車嗎？

因此只要設定汽車都是無人駕駛的前提，就不難理解何以會有人開著沒有尾燈的車上夜路、有兩三人並肩走在沒有人行道的車道上、馬路橫越一半站在安全島附近等待對向來車的空檔等近乎瘋狂的行徑。

◆日本番茄

我吃過「日本番茄」。

那是在馬德里郊外的一個夏日。應邀到波蘭人製片的別墅，在寬闊草坪上的游泳池裡玩水，跟優雅美麗的白色阿富汗犬嬉戲，度過無所事事的休閒時光。過程中飲用的雞尾酒就是佐以「日本番茄」。

意思並非從日本直接進口，而是因為這種番茄的顆粒很小，大約只有一顆蛋黃的大小吧。

是該波蘭人在自己的小農園種的。西班牙夏日的熾烈陽光孕育出如金色小球般美味可口的番茄。

之後在馬德里「賽馬俱樂部」（Jockey Club）餐廳也看到餐桌上有這種番茄。因為該餐廳在馬德里屬於最頂級的欄位，想來「日本番茄」也算是相當講究的下酒菜吧。

話說回來，不覺得日本的番茄有年年越來越難吃的傾向嗎？

以前的番茄——原本我小時候吃的番茄就不像現在的番茄紅得像是染過色一樣，到了一定時節會直接從田裡摘取黃色或是綠色的番茄。回來後浸泡在井水中或是將水龍頭開著讓番茄漂浮在水中冷卻。以前的番茄皮很厚，蒂頭附近也一定會有呈放射線狀的溝槽。

啊，那滋味光是回想就覺得好吃極了。在身體彷彿被夏日樹林渲染的綠色光影中，抓起一整顆番茄放進嘴裡大快朵頤。

問題是在東京吃到的番茄，究竟算什麼呢？顏色像是加了食用色素，吃起來卻沒有味道和香氣。而且還是放冰箱冷藏過，躲在冷氣房裡吃。這樣豈不是對番茄太過失禮了？

我不禁如是想。

常聽人說外國的食物大多難吃，的確也是如此。

小黃瓜、茄子、蔥、蘿蔔等都是。也就是說，對日本人而言，那些具有既定日本印象的東西的確滋味有差。

尤其是小黃瓜，個頭大到一尺、兩尺的都有，表皮還長得跟西瓜一樣滑溜有光澤，顏色也是深綠色。瓜肉的種子太多，水分也太多。只能說的確這也算是一種瓜類。

至於茄子，則是長得跟小的啤酒瓶一樣粗大。這種茄子烤來吃，兩片就能填飽肚子。

不同於「日本番茄」，有時豐富的日晒反而有損於作物。像是希臘的葡萄就甜得難以入口。

印象中山梨縣有類似糖漬葡萄的名產，就是那種甜度。彷彿經過強烈日光的熬煮，甜度真不是蓋的。

◆煙燻鮭魚

那麼存在於歐洲的日本味覺會是什麼呢？也就是百分之百運用食材本身的美味製作出來的佳餚。

首先英國有Smoked salmon。smoked Salmon就是煙燻過的鮭魚，但跟燻烤花枝（俗稱橡皮筋）、花生米等一起送上桌的下酒菜不一樣。

那是經過長時間的低溫煙燻，算是冷燻鮭魚。

這裡說的「煙燻鮭魚」是將蘇格蘭鮭魚以特定的硬木屑於短時間內用高溫煙燻，口感有如生魚片般柔嫩。

擠點檸檬汁，搭配水芥沙拉。再切上一小塊奶油全麥三明治也不錯。因為價格不菲，一千日圓買到的分量一口氣就能吃光。不過品質好壞因店家而異。就我所知，到倫敦伯克利廣場（Berkeley Square）附近戴維斯街的蔬果行買，品質一向很穩定。

在倫敦也能買切片的鮭魚回家做鹽煎鮭魚。

只要撒些鹽巴在魚肉上面靜置一晚，油煎過後吃起來就很有日本的味道。

但是魚皮不能吃。吃起來淡而無味。在法國和義大利每次看到菜單上的「香煎鮭魚」都會忍不住點來吃，從來沒遇到過好吃的魚皮。

◆三船敏郎的魚香榻榻米

到國外的人是如何解決吃飯問題的呢？吃西餐。以麵包取代白飯、以咖啡或紅茶取代日本茶。但不知他們抱著什麼樣的心情？能夠忍受得了嗎？或許意外的是根本不當一回事。所以答案因人而異沒有定論。因為我出國前跑去築地吃了最後的壽司才上飛機，旅居歐洲期間的生活步調很快，也富於變化，所以連續三、四個月吃西餐也不成問題。

而且因為有時不旅行，好幾個月都待在同一個城市裡租公寓住時可自炊，所以大致上想吃什麼都吃得到。比方說，我覺得西班牙的瓦倫西亞米比任何品種的日本米都要好吃，在巴黎也能買到龜甲萬醬油。還有黑皮大蕪菁的味道跟蘿蔔差不多。也有類似蔥、茄子、蒟蒻絲、素麵等食物的存在。我曾經買了沙丁魚排列在陽台上晒成魚乾。總之我們夫妻兩人在歐洲半年的期間裡經常吃著日式涼麵、壽喜燒鍋、天婦羅、親子蓋飯、咖哩飯、炸豬排等菜色，偶爾還會買四合（約650ml）約千圓日幣的白鶴清酒回家小酌。

儘管都已經那麼努力去填補了，還是有很多的不滿。每當朋友聚在一起時，總是會聊到食物的話題。總是提起味噌湯、茶泡飯、醬菜、魚、蔬菜、飯糰，嚷著好想吃白菜、豆腐應該也可以自己在家做吧、好想吃壽司。對了，我還想到了鮪魚生魚片。蕎麥麵也好好吃，有盛在竹篩上和漆器盤子裡的，還有淋上山藥泥的。對了，現在當令的春菊應該很好吃吧，放進壽喜燒鍋裡。還有芹菜也不錯。你們家煮壽喜燒鍋會放芹菜嗎？從來都沒放過芹菜，倒是有放年糕。味道還真是好吃，可惜年糕吃多了會胖。大家熱情洋溢地徹夜閒聊。

有一次住宿在威尼斯麗都島超級豪華的Hotel Excelsior Venice。三船敏郎先生深夜帶著一瓶黑牌約翰走路（Johnnie Walker）威士忌和不知從哪裡找來的魚香榻榻米[18]三片，突然現身在我們房間裡。問題是我們沒有烘烤魚香榻榻米的用具，而且三更半夜叫服務生過來幫忙烘烤從來沒見過的魚香榻榻米，未免也太丟人現眼了。

結果三船先生將衛生紙捻成紙條點燃火，直接在上面烤起了魚香榻榻米。好一幅奇妙的光景吧。夏日將盡的威尼斯深夜，在麗都島高級飯店的一間客房裡，Kleenex衛生紙靜靜地燃放出橘色火光，整個房間裡瀰漫著一股香味。就這樣偉大的三

⑱原文是畳鰯，將燙熟的魩仔魚風乾壓成扁平狀的加工食品，形狀類似榻榻米。

船先生和幾個日本人用煙燻味的魚香榻榻米當小菜搭配著飲用黑牌約翰走路。在那種有點豪華又有些淒涼的七上八下心情中，深深感覺我們真是來到了遙遠異地。

◆帝王蟹

馬德里的「Ogal Gallego」餐廳提供的帝王蟹是一種體型很大的螃蟹。如此巨大的螃蟹，在日本也很少見。

只是簡單加些鹽巴汆燙一下而已，當然不可能附上柚子醋、醬油等日式調味料，但已經好吃得不得了。尤其是蟹螯肉更是美味。強力推薦給十一月到五月之間計畫造訪馬德里的朋友們。

法國最具日本味的食物絕對要算是生吃的牡蠣、蛤蜊和海膽吧。擠點檸檬汁吃，也有人會加一點塔巴斯科辣醬。

味道跟日本的醋泡牡蠣完全不同。首先個頭比較小顆，滋味也確實纖細許多。搭配像是偏辣的「西萬尼」（Silvaner）白酒更有提味的效果。

日本人到巴黎常住「加州」（California）飯店。這裡的料理不予置評，但調酒師卻是一流。尤其他所調製的「乾馬丁尼」被譽為巴黎之最。大的調酒杯中裝滿冰塊，倒入一點苦艾酒和較多的琴酒，然後再用冰鎮過的杯子盛裝即可。

據說有很多客人在晚餐前專程來此點該酒喝。這是一家純粹以乾馬丁尼出名的奇妙飯店。

巴黎最好的義大利菜餐廳是「翡冷翠」（Firenze）。尤其名為Carbonara的奶油義大利麵（加了培根、蛋和黑胡椒）和米蘭炸牛排（Cotoletta alla milanese）以好吃聞名。原本Carbonara是不入流的小吃，類似攤販賣的食物，在羅馬得到對岸的破餐館才吃得到。結果到了巴黎吃，四人份居然賣到兩萬日圓。當然好吃是沒話說，但感覺就像是豆腐皮蕎麥麵加炸豬排一盤賣五千日圓，不是很離譜嗎？

◆滾球遊戲和烤肉

曾經在南法戈爾德（Gordes）的別墅住過一陣子。綿延無盡的平緩山丘上種滿了橄欖樹，視野一片荒涼。

也就是說，橄欖樹的葉子一點也不翠綠，就像是褪了色的馬口鐵顏色一樣。所以當橄欖樹覆蓋了整座山丘時，自然感覺很荒涼。

這幢別墅就位在橄欖樹山丘的暖陽下。

屋主是愛打日本花牌⑲的影評，自稱「全英八八花牌愛好者聯盟會長」，可是

根本連一個會員也沒有。

剛開始學時要記住場牌叫做moon、粕牌是playing card、結束牌局喊等規則annihilation很困難，如今什麼立三本、小野道風等花牌用語全都朗朗上口。不管在倫敦還是戈爾德都經常熬夜玩花牌。

南法村民的娛樂是名為Pétanque的滾球遊戲，看在外人眼中是種單純的可憐遊戲。每人各拿兩顆或四顆球，球的大小跟棒球差不多。

最先上場的玩家丟出一顆名叫

⑲花牌是日本的紙牌遊戲，圖案為十二個月分的花草四組共四十八張。八八是最流行的玩法。

「Cochonnet」的木製小球，規定得落在六公尺到十五公尺之間的範圍。其他人以此為標的依序投出鐵球，最靠近標的球的人獲勝。

假設你的球最靠近，我是第二，那你就得一分。

假設你的A球最靠近、你的B球第二、C球第三，我的球排第四，那你就得三分。以這種方式累積分數，最早達到十五分的人便是贏家，一回合比賽也因此結束。正因為是如此單純樸實的遊戲，反而更需要複雜的策略和高度技巧，所以「球趣無窮」。

我現在已從法國帶回來四人用的滾球遊戲組，並自稱為「全日本滾球愛好者聯盟會長」。

旅居戈爾德，白天的樂趣是玩滾球、晚上的樂趣是玩八八花牌。直到暮色將至快看不清滾球位置時，我們會開始撿拾橄欖樹枝供作庭園角落石頭爐灶的燃料。

因為今天剛好買到不錯的里肌肉，所以打算烤來吃。

你應該也知道吧？沒有比用橄欖樹枯枝烤的里肌肉更好吃的烤肉了。

平緩的橄欖園山丘上，夜霧即將瀰漫開來，相隔甚遠的鄰家別墅燈火已然亮起。富含油脂的橄欖樹枯枝爆出了火花。跟我們變得親近的野狗「Dog」也乖乖坐在三尺後方等候。

大家都默默地看著爐火。

牛肉不就是要像這樣烤來吃才夠味嗎？

◆牛奶世紀

有種飲品叫奶昔，聽起來不覺得很悲哀嗎？至於名叫布丁的食物就更可悲了。我們上上一輩的祖先們將milkshake的發音記成milkseiki、將pudding聽成purin。結果流傳至今，任何菜單上都堂而皇之印出如此名稱，難道不覺得可悲嗎？

類似的還有宣傳照是bormide、海灘beach說成beachi、陽傘parasol是parasoru等。白襯衫（white shirt）說成why shirt也是一例，最近甚至還乾脆寫成「Y shirt」，大家不知作何感想？

森鷗外的小說《性慾的生活》（Vita Sexualis）日文為《ヰタ・セクスアリス》應是《ヴィタ・セクスアリス》之誤吧？又或者當時有將「ヰ」讀成「ヴィ」的習慣？

如此說來，契訶夫的作品是該叫《凡尼亞舅舅》還是《萬尼亞舅舅》也很曖昧。「渥斯華根」（Volkswagen）被翻成「渥斯瓦根」；「華格納」（Wagner）變成「瓦格納」。於是大家也就都跟著發成「瓦格納」「渥斯瓦根」的音了。

日本人一向對外國語的子音發音很遲鈍。遲鈍的程度也能從外來語的發音顯示出來。Milkseiki跟「牛奶世紀」諧音，因為會顫動所以叫做puling[20]。搞不好年輕人會認為以前的人還滿有創造新詞的天分呢。

文部省似乎還嫌這樣不夠遲鈍，竟推波助瀾突然發出公告：規定將「ヴィ」（vi）的發音一律改寫成「ビ」（bi）。

於是《ヰタ・セクスアリス》的新書名改為《イタ・セクスアリス》，而原本已將「ヰ」解讀為「ヴィ」的出版社則將書名改為《ビタ・セクスアリス》。

某女性雜誌刊登了威尼斯（ヴェニス）的照片。當然圖說部分得寫成「べニス」才行。問題是又刻意將「べニス」翻譯成義大利文，用哥德體印上了BENEZIA幾個大字，請問你看了作何感想？

◆STEREOONIC

日文有所謂的prefab住宅，我始終不知道perfab是什麼。也難怪我不知道，原來是prefabrication（組裝屋）的意思。

要是底片film說成hilm、粉絲fan說成pan，當然會聽不懂了。要不乾脆把音響stereophonic說成stereoonic算了。

相對地有時候又特別忠於原音。例如「hit and run」，還有「two and two」也是，就

⑳ puling 在日文是顫巍巍的擬態詞。

是「and」字發得特別清楚突出、顯得可笑。還有「knock out」，近來會發成「knack out」音，好像在播音員之間很流行。

坐在飯店的吧檯前喝酒時，服務生走過來跟調酒師點酒。服務生們會將客人點的「Scotch and water」以「Scatch warer，一杯」的說法進行傳達。

大概他們覺得用美式含混不清的發音方式聽起來比較專業吧。

日本航班的機上廣播也是一樣。得意洋洋地用英文數著「27」「45」，簡直讓人不寒而慄。

照這樣看來，真令人擔心日後要是生小孩，怕不要子女喊自己是「daddy」「mammy」了。

還有任何東西都得要簡寫才肯罷休。遙控器（remote control）說成remocon、大眾傳媒（mass communication）是masscomi。

有個名叫田中路子的人。她去國不知已是二十年還是三十年之久，最近打算回日本辦退出演藝圈等活動。

結果在籌備過程中跟很多人見面，大家都異口同聲提到受到masscomi的影響云云。

像是「那麼做，小心masscomi會很囉唆」「一旦鬧上masscomi，誰都會完蛋」「只要搭上masscomi，之後就好辦了」「趁著masscomi對妳還有興趣，趁機宣傳一下吧」之類的。

「到底這個masscomi是何方神聖呀？」

我能理解她終於受不了，開口問人的心情，想來她以為對方應是十分具有影響力的大人物吧。

◆一路走來二十年

英語的發音很難。尤其是「R」「L」的區別不易。我若是搞不清楚，怕是沒有人真心想讀這篇文章吧。

每個人都知道「R」「L」的區別。發「L」的音時，舌頭要平貼在上顎的牙齒後面。發「R」的音時，舌頭要往後捲。然後回到正常位置時發出來的音就是「R」和「L」。這是大家都「知道」的事。

問題是（此時我很想提高音調）人們一旦以為理解方法時，往往會陷入已然學會的錯覺當中。

眼前的我就是其中一人。

仔細回想，我從一九四四年開始學習英語，那是我讀小學五年級的時候。因為日本戰敗是在一九四五年，我算是少數在戰時學習英語的小學生吧。

我們班是所謂的特別科學教育年級，乃日本軍方為培育未來的科學家而編組的英才教育班級，湯川秀樹、貝塚茂樹㉑等名人的兒子是我同學（好個百年樹人的計畫）。

我之所以能夠混入這樣的班級，實在是因為一個滑稽的錯誤。不知怎的我就是特別愛學習英語，以致英文成績名列前茅。

我想說的是，從那之後英文成了我最擅長的科目，如今客觀性地回顧，原來是我的發音比任何老師都好。

而那樣的我終於到了今年才學會如何明確區別「R」和「L」的發音方法，豈不令人瞠目結舌？

學習英語二十年，這之間到國外旅行五次、演出國外電影三次。總算才學會「R」和

「L」的正確發音。

而且是在有一天跟英國人朋友進行了三十分鐘的特訓，突然間就能自由說出「R」和「L」的不同。

也就是說，我過去的二十年裡從來都沒有正視過此一問題，這是不對的。

也就是說，直到我第一次實際開始使用英語為止，我誤以為自己能夠正確發出「R」和「L」，所以對此問題毫不關心。

於是開始使用英語後，儘管覺得「R」和「L」的發音很難，但反正也能跟對方溝通，也就少了認真看待的心情。

因此我想要大聲疾呼的是，首先各位的「R」和「L」發音完全不對。所以請盡快產生自覺。然後去找個貨真價實的英國人徹底加以矯正。

還有其他問題。話題稍微換個方向，那就是如何聽出「R」和「L」的發音其實是更

㉑ 湯川秀樹，一九〇七—一九八一，日本首位獲得諾貝爾獎的物理學者。貝塚茂樹，一九〇四—一九八七，中國考古史學者。

加困難。悲哀的是，我向來都聽不出來英國人口中的「R」是「R」的發音。總覺得太過滑順，分辨不出跟「L」的差別。

得先申明一點，我可不是重聽。基本上也還具備音樂方面的才能。也就是說，我有時也會彈奏樂器。

比方說吉他方面，像是〈阿爾罕布拉宮的回憶〉〈傳奇曲〉〈阿拉伯幻想曲〉等演奏會上的經典樂曲，原則上都能從頭到尾彈完。

或是以小提琴來說，曾經名師索羅門被學生喬治三世問到「學生是否有所進步呢」時回答：

「大致上拉小提琴的人分為三個階段。完全不會拉的人、拉得很拙劣的人、和很會拉的人三種。以殿下的情況而言，已經進步到第二階段了。」

我也屬於第二階段。

可是聽力如此之好的我卻還是無法聽分明「R」和「L」的不同。

寫到這裡，相信各位已經了解英語的發音有多困難，接下來要列舉出日本人容易犯的通病。

◆母音

先從母音開始吧。

英語的母音很多是介於中間的發音。

比方說「Hot Dock」，其中「O」的發音就介於「hot dog」和「hat dug」之間。

yes no的「no」發音介於「nou」和「neu」之間。

kiss或lips的「I」發音介於「kiss」和「kess」、「lips」和「reps」之間。

同樣是「I」的發音，例如起司cheese就跟純粹的「i」發音不同。

cat、rat的「A」介於「cat」和「cet」、「rat」和「ret」之間。

即便是英語說得很好的日本人也幾乎無法完全正確發出這種介於中間的母音。我想應該算是盲點之一。

要想學好母音，可以試著將每一個母音拉長吟誦，就像托缽的和尚一樣。

「o——」

能拉多長就拉多長。

就這樣一直拉長，就算任何瞬間有人開門走進來，也能清楚分辨得出：啊，這是「o」的發音或這是介於「o」和「a」之間。絕對不允許一開始是「o」的發音，越到結束時就越靠近「u」的發音。

為達成目的，接著列出包含英語大部分母音的句子。

Who knows aught of art must earn and then take his ease.

這個句子包含了十二個母音及複合母音。分別是：

「u」「ou×eu」「o」「o×a」「æ」、「a」「a～」「a×e」「e」「ɛ」「i×e」「ɪ」。「×」代表介於中間，「～」則是加了「L」的長母音。

必須拉長每個母音如吟誦般念出這個句子。總之請試著念一次，應該會發覺比想像要困難許多。

who要注意嘴巴是否完全嘟起來，發出純粹的「u」音？有無摻雜了「o」的音？knows介於「nouz」和「neuz」之間。of介於「obu」和「abu」之間。and介於「and」和「end」之間。his介於「hizu」和「hezu」之間。ease的嘴巴是否有往兩邊拉開等，都是需要反省的重點。

結果最難的是「e×i」和「ı」的區別，還有「o×a」吧。要想克服此一問題，建議反覆練習以下例句。

He got it to fit his bottle.

You may see it, you may hear it, you may even feel it, but please don't eat it.

He filled this wee pond with a complete sea.

即便是像「it」「is」「of」這樣簡單的單字就已十分困難，因此不花一點功夫是無法克服的。

◆子音

接下來還有子音的問題。

首先要聊的是「R」。其實關於「R」有一帖有名的特效藥，雖然不知道在語音學上是否得到實證，但根據多數過來人的經驗談，透過此一方法確實能發出足以讓英國人認同的

「R」。這個方法是在發出「R」之前，先想像一個虛構的、不出聲的「w」。

於是就像要發出「w」地噘起嘴唇，之後再發出「R」的音。例如要說rum時，試著發出wrum的音，但是這個「w」千萬不能發出聲，只需嘟起嘴巴即可。

雖然這個方法很有效，可是仔細觀察英國人發出「R」的音時，他們絕對沒有事先嘟起嘴巴，所以還是錯誤的發音方式吧。總之就先記下是以圖方便。

至於說到「R」以外的子音，凡是出現在語尾的有聲子音都很困難。每一個單純發音都不成問題，放在語尾就變得麻煩了。光是這樣說也許聽不懂，以下舉一例句。

I will pull several bales of rice right up the hill for my salary.

問題是「I will pull」的部分總說不好，會變成「I wiu pu」。你是否也有同樣困擾？

這在英國聽起來就像是有些下流的北部方言一樣。

為了讓最後的子音能清楚發出來，可在最後的子音後面加上一個輕微的「a」音，有助於練習強調該子音。

也就是慢慢讀成——

「I willa pulla severala balesa ofa ...」

如此練習之後，再試著以正常方式朗讀英語書籍。應該就能體會到過去自己對語尾的子音有多麼輕忽了。

以上大致舉出了日本人發音上的盲點。就我所知，哪怕是英語很好的人多多少少也會有以上的缺點，甚至一應俱全。

原因在於這些缺點很難自覺發現，也幾乎不會有人當面指摘吧。總之也該是時候日本人得開始學習「能說的」英語了，對吧？

◆ I am a boy

據說在明治時代，文部省剛踏出英語教育的第一步時，教育者的意見就有了分歧。比方說——

I am a boy.

這句子可分為直接以英語發音並將語意翻譯成「我是少年」的英文派；還有將句子分解成「I」等於「吾」「boy」直接等於「少年」，加上句點後還需標注假名的漢文派。

也就是根據漢文派的方法，這句英文就得寫成——

ハ　リ
I am boy。
ニ　一

又是句點又是標注的假名，句子當場就會被念成「吾乃少年」的日本語。

如此驚人的理論幸虧被常識性的英文派給打敗，然而其基本理念，亦即儒教的訓詁學式精神成為貫穿日本英語教育的基本主幹，至今依然好生存活著。

請容我一再重提，所謂的語言，首先要能理解對方說的話，也就是第一要義在於彼此的心意能夠傳達交流。那種學者式故步自封的守舊主義早該拋棄了，不該把學習英語和珠算、開車等輕鬆混為一談。

而且重點並非放在文法和讀寫能力，而是那些結構完整的日常慣用句。例如「這要多少錢」「請問貴庚」等句子，先不分青紅皂白地背熟三百句，應該就能有小學高年級的程度了。

近來教學錄音帶、唱片等十分發達，很多人透過此一系統學習語音。我覺得很好，但如果最後仍要提出一句忠告的話，我希望利用錄音帶或唱片練習會話時，一定要找個人當對手，看著對方的眼睛說話。找不到人，家裡養的貓也行，或是對著鏡中的自己還是跟想像中的對手進行交談也無妨。

總之想辦法讓自己不要陷入自言自語的情況。因為日後實際派上用場時，就能體會如此學習效果之大出乎意料。是以我不怕僭越做此建議。

◆古典音樂情結

覺得自己不懂音樂的情況持續了很久。那是從小學升上中學的過渡時期。也是讀了《暗夜行路》《齒輪》[22]等小說，人生首度產生衷心感動的時期。

當年的我似乎是覺得病態是身為藝術家的重要資質。朋友之中，有人很喜歡將「自我意識太強」的帽子扣在別人頭上，也有人一門心思都在「探討」著「死亡」這件事。

[22]《暗夜行路》，志賀直哉的長篇小說。《齒輪》，芥川龍之介的自殺前遺作。

大家始終一副晦暗的表情。我對自己沒什麼可煩惱的事感到愧疚，覺得朋友們都是優秀的藝術家。

尤其他們對於音樂也有深刻的理解。有的人會彈鋼琴或風琴，不會彈奏樂器的人則是隨時帶著樂譜經常翻閱。

是的，我要在此昭告天下。我對音樂一竅不通。那感覺就跟今日的女孩們嚷著「我一聽到古典音樂頭就痛」是一樣的。

所以對我而言，跟朋友之間的交際往來很痛苦。先是和朋友們一起聽著不知所云的音樂好幾個小時。接著吃著白菜豬肉火鍋的時候，朋友們還要繼續就蕭邦的敘事曲進行議論。等到火鍋料吃完了，最後要放進烏龍麵收尾時，話題又轉到了貝多芬後期的弦樂四重奏。直到夜色已深，烏龍麵也吃得一乾二淨時，大家一邊啃著柿餅一邊吐露對莫札特的醉心程度。

「一個音樂家的素養程度可從他跟莫札特的關係看得出來。沒有一定年紀是無法理解莫札特的。此乃眾所周知的事實。年輕人覺得莫札特單純、單調、冗長。只有經過人生風浪洗禮過的人才能理解單純的崇高要素和靈感的直接性。」（卡爾・弗列其〔Carl Flesch〕小提琴演奏法4。佐佐木庸一譯、日本創元社出版）

所以說朋友們的音樂素養就中小學生而言，肯定超乎尋常的老成。

至於我根本是毫無置喙的餘地。也就是說，當朋友們在撞擊彼此的藝術理論時，我不就只是在拚命吃著豬肉、白菜、烏龍麵和柿餅嗎？

連我都覺得這真是太下流了。實在太缺乏教養了。

沒錯。如今看到一個會彈鋼琴的大男人就會產生一股無奈、憧憬的心情。心想對方應該出身不錯，應該不知道音樂情結是什麼樣的低賤感受。

近年來這種的音樂情結似乎已能輕易解決。由於爵士樂的崛起，讓人們覺得不懂古典音樂似乎也不是那麼丟臉的事。

直到兩、三天前，一個在巴哈迷前低聲下氣的傢伙突然搖身變成「麥克斯・羅奇（Max Roach）通」後讓大家刮目相看。輕輕鬆鬆地就把過去的音樂情結給解除了，同時也解除了對古典音樂的敬畏之心，真不知是否值得慶賀？

然而還有程度等而下之的人們，也就是連情結都談不上的人們。

動不動就大喊「什麼古典音樂嘛！那種東西行不通啦！」

真是受不了這種女人。

基本上隨便用行得通、行不通就要全盤否定掉巴哈、莫札特、貝多芬的人——其實犯不著跟她們置氣。因為該被否定掉的是她們的腦袋瓜子。

這種人的腦袋瓜子裡裝的都是糨糊。我認為人生中不懂得對優異事物心生「敬畏」的人，不管讓他做什麼都將一事無成。就算是別人擅長的炒飯，吃進他嘴裡也肯定難吃。

話說到哪兒了，還是回到音樂情結的話題吧。

根據我個人的經驗，要想解除此一情結，也就是原則上能理解音樂之前，可分為三個階段。

第一階段：音樂不再是無意義、冗長的精神壓迫，開始展現出優美、愉悅的姿態。

第二階段：聽得出演奏的好壞。進入此一階段後，開始擁有關於古今大作曲家、東西演奏名家的淵博知識，對樂理產生興趣但仍不會讀譜。

第三階段：學習樂器。從而學會讀譜。

我想大致上就是這樣。

第一階段。

為了了解欣賞音樂的喜悅，我想祕訣在於反覆集中聽同一首樂曲。也就是要記住「節奏」。好的古典音樂其實很不可思議，知道的細節越多，就越能增添聆聽的樂趣。如果是深入研究便會突然覺得索然無味的樂曲，只怕演奏家的感受度都要變得麻木不仁了吧。也就是說，不可能有好的演奏，那種樂曲也不可能留存長久。

所以我想「知道越多越能玩味」應該可說是古典音樂的性格。

因此且先專精熟悉一首樂曲吧，不厭其煩地聽上十遍、二十遍。

大概聽到第二十一遍就會有好事發生：心思一邊追隨著旋律，整個人不知不覺融入了樂曲，然後驚訝地發現自己已然沉浸在享受音樂的樂趣之中。

這種喜悅是一種參與音樂創作的喜悅，嘗過一次之後便樂得輕鬆。從此只需依序累積曲目即可。

比方說從貝多芬的第五交響樂曲出發後，再聽第六、第九、第七交響樂曲肯定也能享受其中。或者換個類別，從此也能領會奏鳴曲或協奏曲的樂趣。

以我來說，這個階段大概停滯了有四年的時間。

那是我高中一年級的時候。當時自我流放到四國松山住在廟裡，那年夏天的某一日發生了我「音樂生涯」的劃時代重大事件。

一位浪跡天涯的無名鋼琴師前來找我。

◆最終樂章

那天我躺在邊廊上，一邊用手搖發條留聲機聽著〈貝多芬第九小提琴奏鳴曲〉一邊閱讀蘭波詩集。

盛夏時節，時間幾乎停滯不前。心想出門在外已經來到一年的中間，大概已沒有其他去處和歸處了吧。事後才發現，人生也有如同夏天的時期。

流浪的鋼琴師看著我說：

「是提博（Jacques Thibaud）和柯爾托（Alfred Cortot）吧[23]。」

接著又瞄了一眼詩集說：

「咦，村上菊一郎吧。」

像這樣興趣突然間轉往演奏家和譯者，在我看來是相當高級的素養，但這應該就是所謂的演奏家的靈敏度吧。之後鋼琴師和我經常吹口哨，不過他吹的口哨和我完全不一樣。絕對跟高明與否無關，而是跟鋼琴演奏一樣強弱分明。我心想原來這就是演奏家的靈敏度吧。

鋼琴師看到我的蘭波詩集封面破爛，拿了一張牛皮紙幫我做書套。他的書套做法必須用到書本攤開兩倍大的紙張，只見包裹在新書套裡的蘭波詩集是那麼的安穩妥貼。

一般說來，再沒有比此一舉動更能抓住少年多感的心吧。我決定提供住處給他。

鋼琴師說當今的年輕演奏家都是先從東京正式出道後再巡迴地方演出；自己則是想趁著還未出名先遊走各地表演，經歷過各種失敗後才到東京開演奏會。我覺得他的想法倒也合理。

還說他目前已接到來自兩所女校的演奏會邀約。我們一找到有鋼琴的住處後便搬離寺廟。

㉓ 提博是法國小提琴家，柯爾托是法國鋼琴家和指揮家。

開始過著規律正常的生活。他從上午九點起到下午三點為止都在彈鋼琴。曲目有舒曼的〈狂歡節〉〈蝴蝶〉巴哈的〈法國組曲第六號〉〈義大利協奏曲〉，還有幾首蕭邦的敘事曲和圓舞曲。

當他彈鋼琴時，我會做功課讀書，或是幫他沖泡紅茶。

熾烈的夏日陽光透過窗外的樹叢，綠色斑點的光影落在書本和筆記本上彷彿染色一樣。練習一結束，我們會搭電車到夕陽西下的海邊游泳。划著小船航向黑色岩礁遍布的無人海面上，沐浴在霞光斑斕的大氣中，我們一起吟唱蕭頌（Chausson）的〈月光〉。

漸漸地我發現自己開始對演奏這件事有所了解。也就是說，在不知不覺之間發現自己懂得分辨好的演奏和壞的演奏。於是我自以為是地對鋼琴師說：

「今天的法國組曲彈得好像不太對勁。該不會你犯牙疼吧？」

結果鋼琴師立刻裝出了牙疼難耐的痛苦表情，更加深了我的自信。

不久暑假結束後舉辦演奏會。鋼琴師對著坐滿女校禮堂的女學生們說了一段話。

「巴哈寫的樂譜上並沒有標示出強弱符號。所以我將試著以平緩均衡的方式彈奏巴哈。巴哈的音樂不是強弱，或者可說是音色的明暗吧。聲音整個收合起來後又豁然開朗。我想應該是這樣子吧。」

接著他開始演奏《法國組曲第六號》。

安可曲演奏的是莫札特的A大調第11號鋼琴奏鳴曲K331第三樂章（Alla Turca）。因為是俗稱〈土耳其進行曲〉的眾所周知名曲，當他一彈錯，女學生的聽眾群中就傳來「咦？剛剛是不是彈錯了？」的竊竊私語。

隨著夏日離去鋼琴師也走了。因為被經營服裝店的中年婦人求婚，他嚇得逃跑了。我心想這下生活要暫時失去光彩了。

鋼琴師始終沒有正式出道。過了十年我結婚時，他來到婚禮現場為我們演奏《法國組曲第六號》。如今他是創價學會的幹部。

那個時候市區有美國文化中心可以免費將美國的書籍和唱片借回家。我和巴哈迷的朋友兩人總是一口氣會借出好幾十張喜歡的唱片。雖然期限是七天，不過我們每隔七天返還時又當場借了出來，所以這幾十張唱片在我離開該城市為止有將近兩年的時光經常留在手邊。

如今看來這些仍是水準相當高的唱片。例如以歌劇來說，有男高音皮爾斯（Jan Peerce）、男中音華倫（Leonard Warren）演唱的〈命運之力〉（La Forza del Destino）。我現在都還相信這首樂曲是義大利歌劇的最高傑作，他們的演奏是最棒的演奏。

其實這張唱片有個缺點。由於錄音效果太好，以致華倫使盡全力高歌時，會讓音箱裡的箔片震破。

害得每次我們都得騎腳踏車到唱片行求救。我們奔馳在田埂路上仍難掩興奮地討論「果然華倫實在太偉大了，再度把擴音箱給唱壞了」。

因為巴哈迷的友人沒有留聲機，總是高興什麼時候來就跑到我的住處聽唱片。

有一天我不小心打瞌睡，睡夢中聽見了曼妙的弦樂聲，心想真是只應天上有的音樂。不料枕畔就坐著巴哈迷正在聽巴哈。看到我醒了，他一邊用修長的手指輕敲音箱打拍子一邊跟我打招呼說「嗨」。

夏康舞曲的琵音和弦正在節節高升中，窗邊插在實驗室用燒瓶的百合花應該是他帶來

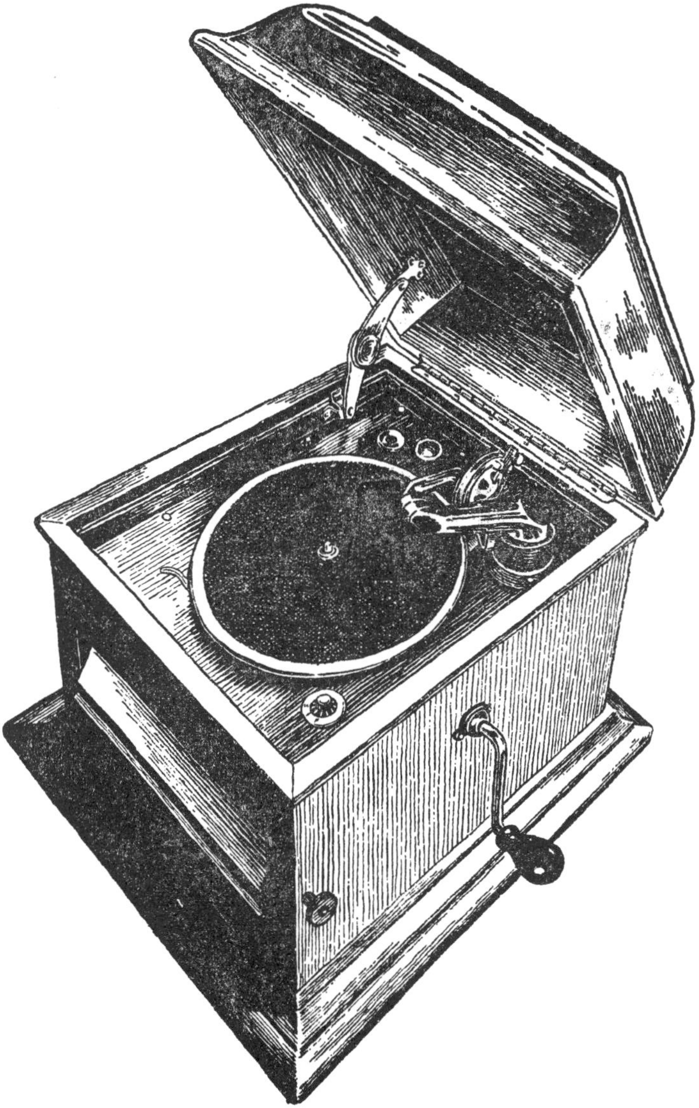

的。窗外的天空清澄如洗，清風在整個房間裡盤桓。

又有一天巴哈迷帶了一個報告。他有個弟弟，這個中學生的弟弟有收集郵票的嗜好。如今弟弟要將收集的郵票賣掉買一把新的小提琴。

我弟弟想當小提琴師——儘管他說話的語氣有些輕蔑，但一眼就能看得出來這一切全是他出的主意。

一個月過後，他弟弟演奏了〈小星星變奏曲〉。又經過了半年在我們的要求下，他弟弟若無其事地演奏了巴哈〈無伴奏小提琴奏鳴曲〉巴蒂達（Partita）組曲二的阿勒曼德（Allemande）或基格（Gigue）舞曲。

不僅音階正確，也能窺見那種經常拉小提琴的人才有的毅然態度出現在他弟弟身上。

我在搬離開那裡之前曾最後一次造訪過他家。快要走到他家時，一群激起夏日午後白色砂塵、身上略顯汙穢的少年們飛奔而過。我應該永遠無法忘懷當時的情景吧。飛奔而過的孩子們竟一起大聲哼著巴哈的〈E大調小提琴協奏曲〉。原來他弟弟的房間就正面對著馬路。

搬到東京住不久後，在一個偶爾的機會我決定開始學習小提琴。那年我二十一歲。

曾經巴哈迷的弟弟為我們演奏的阿勒曼德和基格舞曲，我大約學了半年就能拉得出來。每天練習四到五個小時，持續了將近兩年。我甚至認真考慮過把自己今後的餘暇都貢獻給小提琴也不足惜。

我走訪了幾位名師，但惠我良多仍舊非卡爾・弗列其的《小提琴演奏法全四卷》莫屬。我認為光是翻閱此書，學習小提琴便值回票價了。

經由這本書我學習到理論式的思考方式。分析自己的缺點後分解成單純的要素，再透過針對每一要素的簡單練習方法學習矯正技術。只要一產生疑問，都能在卡爾・弗列其的書中找到答案。似乎現實世界老師的功用反而不大。

卡爾・弗列其認為不好的老師分為諸多類型，以下列舉幾種：

一、缺乏自制力，動不動就怒吼的老師。

學生犯的每一種錯誤都會讓他爆發。而且他會要求學生「立即」改正錯誤，因此絕對不可能演奏完整首曲子。學生會對老師心生倦怠，最後會認為被罵也是沒辦法的事而無動於衷。

二、覺得自己原本是獨奏家，來教小提琴等於是犧牲自己練習時間的老師。

習慣說「我拉一遍給你看看吧」的人。不用嘴巴說明非得要親自示範，一方面是因為心靈貧瘠所致，一方面是想多少拿回一點自己的練習時間。

三、習慣和學生同時演奏的老師。

他不過只是想聽重疊在一起的聲音罷了。結果他根本也聽不出來誰走音了。

四、怠慢的老師。

經常上課遲到。上課時注意力老是被路上發生的事給吸引走或是在讀報紙。盡說些跟教學無關的話題好讓自己的授課時間變得輕鬆些。

我的老師們不是有其中一項缺點就是全部中獎。

話說回來，小提琴真是讓人不愉快的樂器。幾乎不可能在演奏的時候感到愉快。因為拉小提琴永遠是在跟不正確的音階、雜音、不正確的節拍，亦即不快感戰鬥。這種不快感會隨著技術的進步、聽力越來越敏感而有增無減，所以很麻煩。

但是我仍然要大聲疾呼：樂器是很愉快的東西。而且樂器必須從三、四歲時就開始學習的說法完全是惡質的謊言。志在成為職業演奏家就算了，如果只是為了自己的消遣娛樂，從幾歲開始學起都不嫌晚。

另外我也想對誤信不會讀樂譜就無法學習樂器的人說：難道從三、四歲開始學習樂器的小孩子們，事先就具備讀譜能力嗎？會不會讀譜其實一點影響都沒有。何況只要花兩、三個月，手指自然就能看得懂樂譜。

只要是深愛樂器，同時又具有耐性的人還猶豫什麼呢？說起來樂器就是一個人終生的朋友、絕對不會背叛自己的朋友。這是我打從心底的感覺。

巴哈迷的弟弟即將要來找我。他現在於某交響樂團擔任第二提琴手。我們打算合奏巴哈的〈雙提琴協奏曲〉，嘗試著暫時徜徉在悠邈深邃的世界裡。

◆為文春口袋書寫的結語

三年前在《洋酒天國》第五十六期寫了《歐洲無聊日記》一文，也就是本書第一章〈討厭英雄故事〉之前的十幾篇短文。

因為此一機緣而有幸在《婦人畫報》以同一標題每月連載長達約兩年的時間。以此連載為骨幹，並加入其他雜誌寫的文章，而有了第一章〈倫敦的馬靴〉以後各篇和第二、第三和第四章的文字。

基本上我是個淺學無才、沒什麼內涵的人，而且很明顯是視覺型的人。這樣的人要寫文章，只能誠心誠意寫出自己眼見為憑的東西別無他法。歐洲各國和日本的風俗習慣原屬於「常識」，自然會有各種的出入。我希望盡可能基於事實書寫。

婦女雜誌的廣告不是有所謂「實用報導滿載！」的宣傳詞嗎？真是一語道盡我的意圖。

一九六五年三月一日

筆者

◆關於伊丹十三（文春口袋書封底）

第一次見到伊丹十三時，他十九歲，我二十六歲。我們過得很貧困，連喝一杯咖啡都不容易。只有口袋進帳的時候才奢侈地大口喝酒。他總是態度拘謹沉默寡言，偶爾冒出來的一句話卻很符合當下的時空，完全正確的同時又充滿珠璣。好一個不可思議的少年。

伊丹的好在於作為一個人，他非常溫柔。那份溫柔衍生出他的「男性氣概」；那份溫柔衍生出他的「嚴格主義」。任何時候任何事情，他從不會逃避。我和他在一起時感覺就像是親眼目睹「充滿男性氣概、纖細、認真的人如何存活在這人世間」的活生生實驗。

當他提到電影、跑車、服裝、美食、音樂、繪畫、語言等相關話題時，可以清楚得見那是極其正式又充滿個性，也是十分有力的發言。他無法忍受濫竽充數、相似雷同和稀鬆平常的內容。我希望讓中學生、高中生讀此書。因為對遭到汙染的大人們而言已然太遲了。

我絲毫無意讚揚夥伴，也不說伊丹具有受上帝寵愛的才能。而是認為一切都源自於「溫柔」。我想他的「溫柔」是真的。否則他身為一個能和英國舞台劇出身的演員合演電影的青年形象就會破滅。閱讀本書後，或許有人會感覺到某種不快。我想那是「嚴格主義者所應背負不可逃避的受難」吧。

山口瞳

◆為B6版寫的結語

託山口瞳先生之福得以出版此書已是十年前的事了。我將當時經緯寫成文字作為修訂版的結語。

最初和山口先生結識時，我二十一歲，山口先生二十九歲。（之所以和封底山口瞳先生的文章有所出入，那是他為了凸顯我的年少清純所做的潤飾，而且還技巧性地謊報了三歲自己的年齡。）

當時山口先生任職於河出書房旗下的《知性》雜誌編輯部。我是個剛出道的商業設計師。不對，當時還沒有設計師的頭銜。我們只能算是排版師、手寫文字師、圖案師等名不見經傳的小人物。也就是說，對山口先生而言我只是有業務往來的工匠。

山口先生是具有多樣演出風格的人。當時他已留了鬍鬚，理由是今年二十九歲，一旦錯過今年就將成為永遠無法在三十歲之前留鬍子的男人了。

他對服裝也很講究。穿著一套上下身都是深藍色的西裝，說什麼「這叫午夜藍」。聽在當時人們的耳朵裡果然不同凡響充滿新意。

有時他會帶著黑色呢帽、叼著雪茄、身穿二手美軍卡其風衣出現。活脫是亨弗萊・鮑嘉（Humphrey Bogart）。我覺得他像是努力扮演不討好角色的演員。

有一次我去山口先生家玩。他們一大口家族的人住在三橋的花店。玩到一半時，我被帶了出去。我們從三橋走到六本木的「幸運草」喝茶，然後到俳優座劇場旁的「上海酒家」吃肉包，再一路走到有樂隊伴奏的夜店「88」混進外國人之中喝威士忌，最後在霞町的德國菜餐廳「萊茵」點了薯條當下酒菜搭配啤酒。

在進入每一家店之前，他會像發表施政方針演說般說明為何進去的理由，如今我早忘得一乾二淨了。那一天他的表演主題應該是以最低費用享受最高奢侈，也就是要教導我這個鄉巴佬什麼叫做生活的優雅吧。然而兩個薪資薄弱的年輕人點著菜單上最便宜的菜色，走進一間又一間的高級場所，我不禁懷疑這真的算是優雅嗎？就算是最低消費，也是從捉襟見肘的「江分利滿氏[24]」家用中支出的。如果這叫做優雅，那也未免太支離破碎兩袖清風，只能算

---

[24] 出自山口瞳的小說《江分利滿氏的優雅生活》，描述昭和三〇年代典型上班族的日常生活，榮獲直木獎。

是勉強成立的優雅吧？

身為工匠的我拿得到的工作內容主要是懸掛在車廂內的海報和目錄的編排設計。那是詹姆士・狄恩、石原慎太郎當紅的年代。印象中海報設計費是三千日圓。加上林林總總的業務，《知性》每個月支付我約七千日圓的酬勞。這在當時已算是頗為豐厚的金額了。

第一次領到錢的那天我邀約了山口先生。山口先生提議到魚河岸場外的壽司店。他說所謂的場外指的是築地魚市場的外圍，我心想原來如此。到了一看，在河水混濁的橋頭上掛著寫有「壽司政」的紅燈籠。店外面是賣工作帽和傳統無領衫的攤販，走進店內看見一群穿著橡膠靴的男人正在默默吃著什錦蓋飯。

山口先生點了白肉魚和鮪魚下酒吃，我也有樣學樣。那些魚只是被簡單切成火柴盒大小，直接在我們面前隨意用手捏了兩三下就送了上來。一片荒涼缺乏風情，但那樣的感覺就是很好。

山口先生大讚鮪魚好吃，說什麼「Lohmeyer啤酒屋」的任何一種里肌火腿也比不上。我猜想這是他的口頭禪吧。接著山口先生又點了斑鰶吃。和吃了葫蘆乾的卷壽司。還要求「我的牙口不好，葫蘆乾請別用機器捲」，讓店家用竹簾捲。最後用一塊煎蛋卷收尾。

結帳時是三千日圓，由我買單。山口先生面不改色地說了聲「那就當作介紹費吧」。當我打算把錢拿給站在櫃檯後面的壽司師傅時，山口先生輕聲制止了我。他教我：結帳時不可以付錢給師傅，因為師傅必須用雙手處理食物，怎麼可以把骯髒的紙鈔交到他們手上。櫃檯這邊不是有個專門送茶水和酒的年輕學徒嗎？結帳時必須付錢給那個人才行。

後來《知性》停刊了，我也就沒有機會再見到山口先生。我當了演員也結了婚，還在國外生活了一年。

從國外回來時，《文藝春秋》向我邀稿。我寫了有生以來第一次的文章，但沒被採用。說是不合本雜誌的屬性，不過倒是很適合《洋酒天國》雜誌。

中間過程且省略不提，總之山口先生剛好就在《洋酒天國》。於是我將給文春的稿子擴增為五十頁刊登在《洋酒天國》上。

「歐洲無聊日記」是當時山口先生幫我取的標題，他說文章有種難以言喻的倦怠感，似乎很百無聊賴的樣子。

就這樣這本書打從成形初期就受到山口先生的關照，付梓出書時更是從頭到尾諸多受教於他。

印成白紙黑字時，多少要白話些比較方便閱讀，因此盡可能少用不必要的漢字。例如「為」「事」「其」「樣」等文字就直接寫成平假名。但是困難的漢字則可盡量使用。這些都是他教我的。

還有驚嘆號不要刻意選用斜的「！」，看起來很討厭，一定要用直的「！」。這也是山口先生教我的。

各篇文章開頭的小標題有一半以上是山口先生想了一整天幫我加上去的。還有印刷在封面上的文宣「若讀此書能莞爾一笑，表示你喜歡玩真的，而且有些算是怪人」也是山口先生的傑作。

這一次文藝春秋問我是否願意從「文春口袋書」改為B6版時，我十分猶豫。因為我今年四十一歲。那些三十歲之前寫的東西，連我自己都覺得青澀、惹人嫌棄和難為情。

我去找山口先生商量，山口先生當下打斷我說：

「當然應該要出版。有什麼好難為情的，本來處女作就是歷史的事實，說什麼都已無法改變了。」

就這樣這本書又得以永生。同時儘管為時已晚我也開始思考——哪一天得寫出一本真正的處女作才行。

一九七四年七月一日

筆者

日文系054

歐洲無聊日記

作　者｜伊丹十三
譯　者｜張秋明

出版者｜大田出版有限公司
台北市一〇四四五中山北路二段二十六巷二號二樓
E-mail｜titan3@ms22.hinet.net http://www.titan3.com.tw
編輯部專線｜（02）2562-1383 傳真：（02）2581-8761

總編輯｜莊培園
副總編輯｜蔡鳳儀
行銷企劃｜陳映璇／黃凱玉
校對｜黃薇霓／金文蕙

初刷｜二〇二〇年九月一日 定價：三八〇元
二刷｜二〇二〇年十一月十五日

總經銷｜知己圖書股份有限公司
台北｜一〇六台北市大安區辛亥路一段三十號九樓
TEL：02-2367-2044／2367-2047 FAX：02-2363-5741
台中｜四〇七台中市西屯區工業三十路一號一樓
TEL：04-2359-5819 FAX：04-2359-5493
E-mail｜service@morningstar.com.tw
網路書店｜http://www.morningstar.com.tw
郵政劃撥｜15060393（知己圖書股份有限公司）
印刷｜上好印刷股份有限公司
國際書碼｜978-986-179-600-0 CIP：861.67/109009095

國家圖書館出版品預行編目資料

歐洲無聊日記／伊丹十三著；張秋明譯．
——初版——臺北市：大田，2020.09
面；公分．——（日文系；054）

ISBN 978-986-179-600-0（平裝）

861.67　　109009095